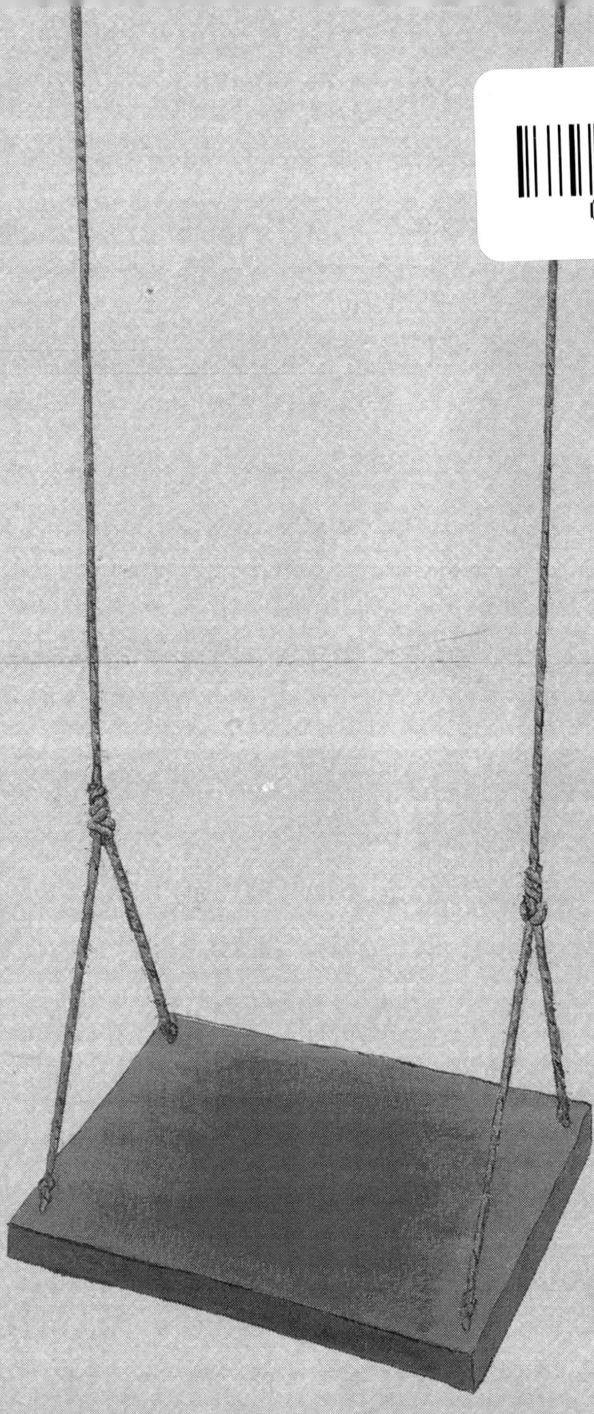

Kotter Editorial
2021

Tomás Eon Barreiros

ASSIM SOMOS

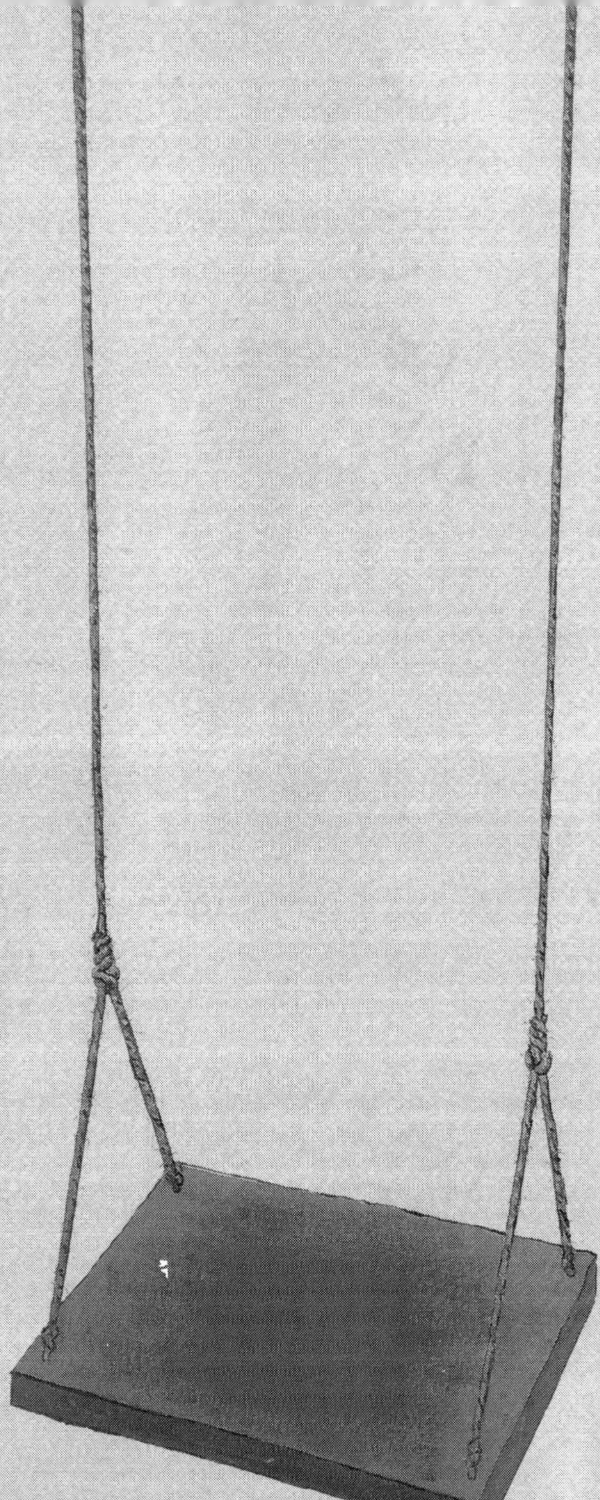

coordenação editorial
Sálvio Nienkötter

editor executivo
Claudecir de Oliveira Rocha

editor-adjunto
Francieli Cunico | Daniel Osiecki

capa | projeto gráfico
Paula Villa Nova

produção
Cristiane Nienkötter

conceito da capa e ilustrações
Cassiano Tabalipa

Dados Internacionais de Catalogação na Publicação (CIP)
Angélica Llacqua CRB-8/7057

Barreiros, Tomás Eon
Assim somos | Tomás Eon Barreiros
Curitiba: Kotter Editorial, 2021.
120 p.

ISBN 978-65-5361-006-4

1. Contos brasileiros 1. Título "Assim Somos"

CDD B869.3
21-4749

Kotter Editorial
Rua das Cerejeiras, 194
82700-510 | Curitiba/PR
+55 41 3585-5161
www.kotter.com.br | contato@kotter.com.br

1ª edição
2021

ASSIM SOMOS

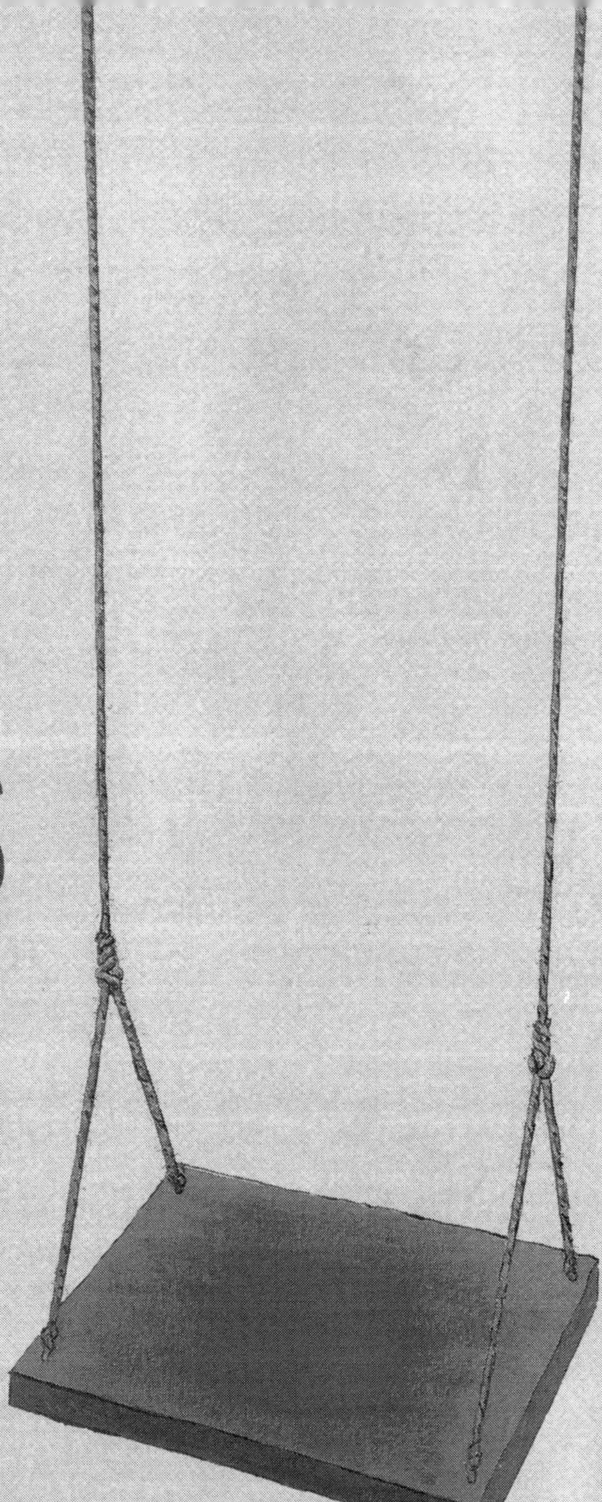

SUMÁRIO

Apresentação

Assim somos, título deste conjunto de histórias de Tomás Eon Barreiros, já insinua a nossa condição contemporânea, de incertezas sólidas, embora também enseje esperanças de transformação. Assim, descobrimos que o autor dos belos poemas de *Tanto ou tão pouco* é também um prosador que constrói narrativas sensíveis e plurais, capazes de galvanizar rapidamente a atenção do leitor. Assim, os pontos de vista se transformam em vista dos pontos. Assim, os amores sonhados se tornam realizações possíveis. Assim, narrativas curtas, mas não menos contundentes, como "Amor eterno" e "Pandemia de amor", entre outras de igual calibre, abraçam-se às mais longas, como "Em nome do filho" e "O filho sem pai", não por acaso espelhadas, esta a ressignificar angulações daquela, e todas levando a longitude das emoções ao cruzamento com a latitude da razão fabular. Assim, por meio destes contos tramados pela força dos sentimentos e a compreensão enlevada do que para nós é essencial, Tomás Eon Barreiros nos proporciona uma obra com voltagem literária, desfechos surpreendentes e, sobretudo, úmida de compaixão pela nossa (imprevisível) jornada humana.

João Anzanello Carrascoza

Ninguém compreende o outro.
Somos ilhas no mar da vida;
corre entre nós o mar que nos define e separa.
Fernando Pessoa

EM NOME DO FILHO

I - A mãe

Pronto se vê que não é certo a mãe deixar o filho de três anos a brincar sozinho na beira do rio. O rio que já levou tantas almas, o rio largo e revolto. O rio que corre e não para, como a vida, mas que faz tantas mortes. E o filho de três anos na beira do rio, a brincar. Nenhuma mãe. Mas não eu. Eu que tive o menino, eu que embalei seus primeiros embalos, que vi primeiro seus olhos se abrirem para sofrerem a luz do mundo, que recebi seu primeiro choro com o meu. Mas, ao amor primeiro, logo sucedeu o medo. Um amor de mãe abafado pelo medo, não aquele medo habitual do futuro que ainda não existe e que não se sabe se feio ou bonito, abortado ou precoce ou turvo ou brilhante ou chocho, mas o medo do menino mesmo em si. Aquele menino que não podia ser só um menino como todos os outros, meu Deus? Podia ter trazido as dores muitas das mães, mas as dores normais, comuns, resfriado, gripe, constipação, caxumba, pé furado no prego, braço quebrado, dente perdido, amarelão, lombriga, chato, bicho-de-pé, berne, sanguessuga para tirar com cabeça de fósforo em brasa, nota baixa na escola, estripulias, as preocupações constantes com o segredo do não saber o que será. Mas não... Veio com o dom, o dom que é maldito, porque não é o de sempre, o esperado, o padrão. Por que, meu Deus? Agora está lá, o pirralho, sozinho, a brincar na beira do Rio das Mortes, e a mãe aqui, não preocupada com o acontecer incerto, que nele não o é, posto que já está feito, mas com o certo que é ele ser o que é. E o que ele é? Não sei, não sei, mas ele traz o medo, o medo que dá de olhar nos olhos, ouvi-lo, saber da verdade que não podia estar lá, na boca de um menino, quer dizer, na cabeça de um menino, saindo pela boca.

– Oi, mãe. Voltei. Tudo bom com você?

– Tudo, filho, tudo. Brincou bastante? Se divertiu?

– Ah, sim. Estava bom. Mas logo vai chover, então, vim pra casa.

– Vai chover?

– Vai, em alguns minutos.

– Tá...

– Falou com o tio Alberto, mãe? Pra ele não fazer aquela viagem?

– Eu... é... não, filho, ainda não.

– Fale logo, mãe. Senão, vai ser triste...

– Tá, filho, vou falar. Vou visitar ele, vou falar. Mas... por quê, filho? Como você sabe?

– Eu sei, mãe. Fale com ele logo.

Quem fala assim, Santo Deus! Foi-me tirado até o gosto de ensinar meu filho. Como educar se não há vazios nem erros? O que faz uma mãe com um filho que sabe tudo? Perde-se o ser mãe, o prazer de sentir o passo a passo do crescer, de ver-se desabrochando no rebento que vai aprendendo e tomando as formas e jeitos de quem o conduz pela mão. O que fazer de um filho que nasce pronto? Que muito antes do virar de um ano, em menos tempo fora do ventre materno que dentro já anda e fala e pensa e sabe e vê e diz e ensina? Foram-me roubadas as alegrias de mãe, o balbucio progressivo, o engatinhar, os primeiros passos vacilantes, o "ma-ma", "pa-pa", tudo que se vai transformando aos poucos em gente. Não. Ele veio pronto. "Mãe, pode vir aqui por favor? Preciso trocar de fralda. E gostaria de mamar." Que susto, meu Deus! Seria um espírito velho encarnado no corpinho frágil da minha criança? Não, era ele mesmo. Sabia meu nome. O nome do pai. Dos primos e tios. Sabia tudo. Como não ter medo? Padre, médico, pai de santo, ninguém explica. Nem ele, provavelmente porque não quer, pois ele sabe tudo. "Sou assim, mãe. Só isso." E pronto.

II - O começo

A mãe pensava sobre como tudo havia começado. Lembrava-se claramente da noite em que o filho fora concebido. Ela e o marido, depois de um duro dia de trabalho, banhos tomados, jantar concluído, mesa desfeita, louças na pia, miravam contemplativos o céu estrelado, sentados na varanda. Tomavam, pela primeira vez, o licor de frutas herdado da sua avó, guardado e transmitido por gerações – não apenas a receita, mas o produto mesmo: ela tinha uma bela garrafa dourada, pequena, tampada e lacrada com cera. Não sabia exatamente o ano em que fora produzido aquele licor, mas era antigo. *Será que não está estragado*, perguntou o marido. *Se estiver, vamos perceber logo*, ela disse. Era uma noite de Lua cheia, e eles admiravam aquela imensa bola amarelada. Era possível ouvir ao longe uivos de animais noturnos, pios de corujas, cantos soturnos mas familiares das aves que só saem sem luz. O gosto do licor da avó morta era diferente de tudo. Forte, único, saboroso, mas com uma estranha nota de fundo – estranha, mas insuficiente para concluírem que estaria deteriorado. De súbito, uma chuva de estrelas cadentes foi suficiente para maravilhá-los. As exclamações, a troca de olhares – e logo de carinhos, os hálitos etílicos, a garrafa vazia, os corpos que se adensam e procuram sôfregos a cama, esgueirando-se pelas sombras, no rastro do desejo, até o quarto. Ela se lembrava claramente que foi bom. Que adormeceu no calor dos braços do marido. Que teve sonhos estranhos naquela noite. Sonhou com a chuva de estrelas cadentes, viu-as como um cardume de peixinhos – não, peixinhos não, um grupo de girinos brilhantes descendo do Céu à Terra, cortando os ares com o flagelar das caudas rápidas, e desceram, desceram, desceram, um deles se destacou, passando à frente, e foi crescendo e crescendo e se aproximando, até ficar do tamanho de um punho cerrado, o punho esquerdo do marido, que lhe entrou pelo ventre, e a mão abriu-se, enormemente espalmada, mexendo-a por dentro e lhe trazendo um calor agradável, prazeroso, primeiro excitante – ao som de uma música que ela ouvira uma vez e lhe marcara tanto que fora informar-se qual era, e chamava-se "Ode à alegria", cantada no final da Nona Sinfonia de Beethoven, o que ela nunca esqueceu – e depois calmante, enquanto tudo diminuía: o som, a agitação da mão dentro de si, o calor, tudo se esvaindo aos poucos, vagarosamente, até deixá-la nas profundezas maiores do sono. E ela nunca contou o estranho sonho ao marido, eles que eram de amar-se muito mas se falar pouco, até que ele misteriosamente desapareceu, exatamente no dia em que seu filho veio ao mundo, para chorar o primeiro choro sem um pai que o assistisse, e a alegria da vinda do filho misturou-se com a tristeza do marido desaparecido sem deixar pista. E lembrava-se ela que, recém-parido o filho, não lhe davam notícia do pai, e sua preocupação crescia, sua desconfiança a sufocava, até finalmente saber o que acontecera, que o marido não fora mais encontrado, ninguém tinha notícia, ninguém o havia visto, não ficara qualquer traço dele, como se evaporasse enquanto nascia seu filho. E aquele fora, ela pensava assim, o primeiro sinal da desgraça bizarra que se abatera sobre ela, a benção maldita do filho que sabia tudo, mas não era capaz de lhe dar o prazer de ser uma mãe como as outras, com filho dependente e marido presente – pois que logo passara a considerar o filho culpado do desaparecimento do companheiro, embora o menino, quando lhe perguntavam do pai, dissesse que não o havia conhecido, e era a triste verdade.

III - O médico

Tão logo percebeu que o menino não era comum, a mãe pensou em levá-lo ao médico. Naquele fim de mundo, se o tempo ajudava, um clínico aparecia na cidade uma vez por mês, quando muito. Ela esperou. E na primeira oportunidade, anunciada a chegada do médico, que, como de costume, ficaria dois ou três dias no povoado (não tão) próximo, lá foi ela levar o filho.

Preferiu deixá-lo sozinho com o doutor. Esperou fora da sala. Apenas lhe disse: *veja se meu filho tem algum problema de saúde. Ele mesmo explica qualquer coisa que seja necessária.* Naturalmente, o homem espantou-se ao ver a mãe largar criança tão pequena sozinha e fechar a porta. Mas o olhar do menino, e suas primeiras palavras, já foram suficientes para mudar o foco de seu espanto. A mãe aguardou pacientemente a longa consulta. Mais de quarenta minutos. Ela havia esperado para ser a última da fila, pois não queria enfrentar a pressão de outros pacientes com pressa. Que seu filho tivesse todo o tempo necessário. Aberta a porta, trocaram de lugar: mandou o filho esperar fora e entrou para conversar com o médico. *Não, seu filho não tem nada. Saúde perfeita. Nenhum problema. Desenvolvimento normal. Aliás, acima do normal, mas nada que preocupe. Nenhum reparo. Se a senhora puder, aconselho que leve para algum especialista, posso indicar. Sou clínico geral, não sou psiquiatra, nem psicólogo. Posso recomendar alguns da capital. Sei que é longe, e a viagem, difícil. Mas é o que posso fazer, se a senhora quiser. E obrigado por trazer o menino. Seu filho me ajudou muito. Explicou como eu devo fazer para tratar alguns pacientes mais complicados, sabe, casos resistentes que estão demorando a sarar. Por isso a consulta demorou tanto. Anotei tudo. Não, não vou cobrar nada pela consulta, de modo algum! Ele me indicou também como resolver a dorzinha tão incômoda que sinto há anos nas costas, abaixo da omoplata esquerda, e que nunca consegui descobrir o que era. Agora já sei. Olhe, cuide bem de seu filho. Se não souber o que fazer, pergunte a ele. É um bom menino, não tem nada de errado com ele – estou falando do ponto de vista médico, na visão de um clínico. É claro que ele não é normal, digo, não é comum, não, acho que ninguém nunca viu isso, eu nunca tinha visto, nem lido, nem ouvido falar. E olha que sou profissional atualizado, viu? Estudo muito... Bom, acho que a senhora deve levá-lo a um especialista... Um que cuide da mente, entende? Ou talvez... não sei... a senhora já pensou... digo, cá entre nós... a senhora já o levou ao padre??? Talvez ele tenha uma visão diferente e possa ajudar a senhora. Se a gente vê algo que não parece deste mundo, quem sabe alguém versado nas coisas de outros mundos possa explicar. A senhora compreende?*

IV – O padre

Levar o filho a um psicólogo ou psiquiatra, na longínqua capital, era impensável. A mãe resolveu então seguir o conselho final do médico. Não era exemplo de religiosidade, vivia longe das práticas cotidianas da sua religião de batismo, provavelmente pela falta de acesso aos templos católicos e, consequentemente, de hábitos criados. Mas não era refratária às coisas da fé. Fazia suas orações, tinha respeito aos sacerdotes. Foi até o padre, que aparecia na capela do povoado sempre no primeiro domingo do mês, nas primeiras horas da manhã, para ouvir confissões e celebrar missa. Inserindo-se entre o último penitente e o coroinha prestes a auxiliar o padre a paramentar-se para a cerimônia, suplicou-lhe que a recebesse após o serviço religioso, pois que tinha assunto importante e urgente que carecia do exame de um servidor de Deus. Embora com a alma prevenida pela experiência de anos que lhe mostrava serem as corriqueiras insignificâncias do povinho alçadas a catástrofes bíblicas em sua presença, intrigou-se pelos sentimentos misteriosamente diferentes que pareciam exalar daquela mulher, que não se lembrava de já haver visto algum dia. Assentiu em recebê-la na sacristia após a missa. E desse modo o fez.

Assim como acontecera ante o médico, entregou-lhe confiante o menino naquele domingo de muito sol e luz. Mas, ao contrário do que ocorrera com o doutor, fez ao sacerdote introdução um pouco menos concisa. *Por favor, fale com meu filho, padre* – suplicou. *Converse com ele. Veja o que ele carrega na alma. Se tudo que lhe vai por coração e mente é normal e bom neste mundo de meu Deus. Se algo há que me possa o senhor esclarecer...*

Por mais de hora e meia, esteve a esperar, em conversa visual com os muitos e variados santos que povoavam as paredes da capelinha. Admirou-se da negritude da Senhora Aparecida e de São Benedito, espantou-se com a morbidez angelical da imagem de São Sebastião, de expressão sulpicianamente plácida em um corpo todo fincado de flechas.

Contemplando a enorme cruz de onde pendia Cristo flagelado e sangrento, perguntou-se por que a religião adotara como insígnia mais marcante aquela que era a proclamação da suprema rejeição. Uma exaltação à dor e ao sacrifício – caminho para a santidade. Se assim era, a bênção maldita que recebera já lhe andava a garantir alguma proximidade com os Céus...

E em tanto tempo de expectativa, passeando o olhar e os pensamentos pelos sagrados símbolos, não alimentara grandes esperanças, acostumada que estava já ante a inexplicabilidade do seu inafastável drama. Não era maior nem mais firme sua esperança que a luzinha trêmula dançando na lamparina do Santíssimo, ao lado do sacrário.

Quando o padre apareceu – o filho à frente, apressando três miúdos passos para cada um do homem, evitando assim ser atropelado por ele, que quase o empurrava –, era impossível não notar a expressão apreensiva e perplexa do sacerdote. O representante da Igreja simplesmente olhou-a, sem se esforçar em nada por diminuir a face de espanto, e disse-lhe apenas: *Tenho que falar ao bispo. Leve o menino. Cuide dele. Tenho que falar ao bispo.*

Ela quis retrucar, buscar alguma explicação: *Mas... o que o senhor me diz? O que devo fazer? O que penso disso tudo?* E ele, ríspido, apenas: *Tenho que falar ao bispo. Leve o menino. Depois que falar ao bispo, mando avisar a senhora.*

V - O terreiro

A mãe queria entender o menino. O que ele era, e por que ela fora escolhida para acolhê-lo. Queria lançar luz sobre as muitas e torturantes dúvidas que lhe povoavam a alma e faziam com que seus dias fossem opacos, que ela se movesse amortecida ao longo das horas, cumprindo apenas as tarefas diárias obrigatórias enquanto arrastava o peso do insabido. Embora lhe persistisse no fundo da alma a amargura da ausência de seu marido, que ela relacionava ao filho, era mãe, e amava aquele que saíra de suas entranhas. Mas é difícil amar o que não se conhece. O que não se conhece é, antes, temido. E ela vivia essa relação materna na esquizofrenia da convivência permanente do medo com o amor. A intensidade dos dois sentimentos alternava-se conforme a situação. Às vezes, o menino dormindo, com o rosto plácido de um anjo, uma criança comum, ela se aproximava no lusco-fusco da noite, acariciava-lhe os cabelos, contemplava a pequenez do serzinho que parira e chegava às lágrimas ao observá-lo na sua aparente fragilidade de criança como as outras. Quando o menino não estava perto dela, porque ia brincar, pensava nele com ternura, ainda que uma ternura temperada com a mesma angústia de sempre, como um doce manjar sobre o qual o cozinheiro lançasse inadvertidamente uma pitada de pimenta. Quando o filho misterioso estava perto, entretanto, e dizia algo, falava com sua autoridade de quem tudo sabe, ela sentia um frêmito percorrer-lhe a espinha: era o medo do desconhecido irradiando-lhe no corpo como na alma.

Procurara o médico, sem sucesso. O padre negara-se a qualquer parecer. Começou então a alimentar outra ideia, lembrando-se do conselho do doutor: "talvez alguém versado nas coisas de outros mundos possa explicar". Se para qualquer efeito social, estatístico ou censitário sempre se declarara católica, não desdenhava de outra qualquer coisa que parecesse ligar Céu e Terra. E sempre ouvira falar do "terreiro", o discreto "terreiro" escondido numa estradinha rural qualquer. Sabia de que lados ficava, ouvira dizer muitas vezes que, em dias de cerimônia importante, vinham carros das cidades próximas, às vezes até da capital, com gente de posses. No seu círculo de conhecidos, ninguém jamais dizia ter ido, pois que talvez não fosse bem visto, mas não faltavam os "ouvi dizer" atestando a seriedade, a bondade e o poder do homem que lá atendia a todos. Poder de ligar as coisas de cá com as do além. *Quem sabe*, pensava ela, *quem sabe eu não ache ali as minhas respostas...*

E assim fez a mãe. Preparou a viagem, saindo cedo para chegarem ao cair da noite, quando, segundo lhe informaram, começavam os "trabalhos". Aquela sexta-feira era um dia tranquilo no terreiro. Não havia muita gente, poucos carros das localidades próximas, nenhum da capital, pelo que ela pôde perceber correndo o olhar pelo descampado que fazia as vezes de estacionamento.

O terreiro era um barracão rústico, basicamente de troncos, barro e palha, paredes de pau a pique, a palha grossa de sapé cobrindo tudo. Um barracão que lhe pareceu bastante grande e que, com o empalidecer da luz natural, começava a ser iluminado por tochas no exterior. A luminosidade esmaecida, o fumo das tochas e os odores novos e fortes que receberam mãe e filho na entrada do barracão a deixaram tonta, a tal ponto que receou desmaiar. A primeira impressão não foi boa. Os constrangimentos físicos se fundiam a ideias fundas de rejeição a um misticismo não referendado nos ensinamentos que lhe haviam passado os ancestrais. "Macumba", "coisa do diabo", "possessão"... as palavras ouvidas havia tempos emergiam repentinamente de sua memória e giravam-lhe na cabeça.

A alma agitada por esses pensamentos começou a abrandar-se quando ela distinguiu, ao longe, o som suave de um instrumento que lhe pareceu uma viola. Alguém, de algum ponto distante, mas não tanto que não pudesse ser ouvido, cantava uma canção antiga, e a voz tranquilizadora, acompanhada dos melodiosos acordes da viola, inundaram-lhe o espírito e a acalmaram. *Vim até aqui, foi uma longa viagem, já estou aqui, vou entrar,* decidiu. Segurou firme a mão do menino, apertou-a contra a sua, suada, e sentiu a resposta filial de apoio. Sustentou-se e criou coragem, aproximando-se da porta, onde duas figuras que lhe pareceram de outros mundos os receberam. Eram negras, uma bem baixa e magra, outra mais alta e gorda, ambas vestidas com roupas brancas nas quais não faltavam rendas e portando inúmeros badulaques nos braços e no pescoço. *Entrem e sejam bem-vindos, Pai Romualdo os espera*, disse a magrela. A mãe procurou respirar fundo, e seus pulmões foram-se enchendo de um aroma estranho, que ela ao mesmo tempo queria rejeitar, mas tinha algo de agradável e inebriante. Repentinamente, notou irem embora os receios e foi tomada de um torpor que lhe subiu da boca do estômago e a tomou por inteiro. Sentindo-se como se estivesse sem controle sobre seu corpo, apenas uma observadora externa, deixou-se levar pela negra que a conduziu para o centro do terreiro e lhe indicou, apontando com a mão: *vá até Pai Romualdo. Ele vai lhe falar.*

Seus pés a foram conduzindo, independentes, até ela estacar ante o homem extremamente magro, que lhe pareceu velho de séculos, com a pele enrugada e seca aparecendo em todas as partes do rosto que os cabelos muito brancos e as barbas longas e igualmente alvas não cobriam. Estava sentado, inclinado para a frente, como se sentisse o peso enorme de seus muitos anos. Vestia-se também de branco, apenas uma calça e uma camisa leves e sem qualquer mancha, tão claras que chegavam a ofuscar-lhe os olhos, apesar da quase penumbra do ambiente iluminado por tochas e velas. Diante do velho, separando-o da mãe e da criança, uma cesta de palha com várias conchas coloridas e, um pouco mais à direita, uma espécie de fogareiro sobre pedras, soltando um fogo muito vermelho, baixo e calmo.

O velho subiu o olhar, vagarosamente, em direção ao menino. Esticando o braço esquerdo e movendo a mão, fez um gesto para que se aproximasse. E o menino assim o fez. Chegou bem perto do velho, que pousou a mão descarnada sobre o ombro do menino, deixando aparecer os muitos braceletes de contas, e puxou delicadamente o menino para bem junto de si, a ponto de encostarem as testas. O menino, submisso, deixou-se levar. O homem começou então a balbuciar algo, num tom ininteligível para a mãe. Desistindo de tentar escutar o que o velho dizia, apertou profundamente os olhos com as pálpebras por longos segundos e reabriu-os devagar, arregalados. Só então começou a distinguir o que havia em volta. Muitas pessoas, que lhe pareceram em transe, dançando em torno deles, ao barulho ritmado de agogôs, tambores e atabaques – som que ela não havia percebido antes.

Uma mulher lançou sobre a chama perto do velho alguns punhados de ervas, provocando uma espessa fumaça que subiu e lhe penetrou os pulmões, fazendo-a inalar um aroma nunca antes experimentado. Fechou novamente os olhos e aspirou profundamente aquele perfume. Depois de algum tempo, abriu os olhos e percebeu que todo o ambiente estava mais claro, iluminado por uma luz diáfana, ao mesmo tempo em que o número de pessoas havia subitamente aumentado muito, e seus corpos pareciam mais leves, como se não tocassem o chão.

Sentiu alguém lhe puxar a mão e, como se estivesse voltando de uma dimensão diferente, viu que era seu filho, e o menino a chamava: *Mãe, ele quer falar com você*. Ela, sentindo-se empurrada por uma mão invisível, lançou-se então de joelhos diante do velho, que pousou as mãos macilentas em seus ombros, olhou-a profundamente, olhos nos olhos, e pôs-se a falar pausadamente: *Não tenha medo. Respeite o menino. Nem sempre é preciso entender. Só respeitar. Um dia – quem sabe? Só respeite e ame, não precisa ter medo. Não é só ele. É você. Segue em paz.*

Ela tentou falar. Queria perguntar, queria respostas, queria entender, sim, queria entender, achava que tinha esse direito. Mas nenhuma palavra lhe saiu, morreram na garganta, afogadas pelas lágrimas que começou a verter profusamente, sem saber por quê. Chorou muito, enquanto o velho lhe acariciava a cabeça. *Segue em paz*, ele disse de novo, e então duas mulheres a levantaram e a conduziram com o filho até a saída. Ao transpor a passagem que a levou para fora do galpão, sentia uma sede enorme e ia pedir água, quando viu uma mulher lhe estendendo uma grande caneca de alumínio, que pegou imediatamente, bebendo, sôfrega, todo seu conteúdo – pareceu-lhe a água mais límpida e fresca que jamais tomara. Devolveu a caneca à mulher, que lhe disse: *Segue em paz.*

Sentindo o corpo ao mesmo tempo leve e amortecido, segurou a mão do filho e foi seguindo lentamente até o local onde amarrara a charrete que os levara até ali. Não tinha a mínima ideia de quanto tempo haviam passado lá dentro, por isso se espantou quando, voltando o olhar para leste, viu as primeiras tentativas de claridade do novo dia. Não sentia fome, não sentia sono. Ajudou o menino a subir na charrete, sentou-se e ordenou ao cavalo que partisse.

Passaram horas em silêncio, até que a mãe perguntou ao filho: *O que o homem lhe disse?* O menino respondeu: *Ele é um bom homem, conversou comigo. Deu-me conselhos.* E ela: *O que ele falou?* O menino retrucou que o velho lhe fizera prometer que não contaria a ninguém e, portanto, não poderia comentar. A mulher recolheu-se então de novo ao seu silêncio contemplativo.

Quando estavam quase chegando, o menino olhou para ela e disse: *Mãe, quero ir ao carrossel.* A mãe nunca ouvira falar de carrossel algum. Lembrava-se de ter ido a um, quando muito criança, na maior cidade em que sua memória lhe dava notícia de já haver estado, mas que não sabia qual era nem quando fora. *Que carrossel, meu filho?* – indagou. *Há uma cidade mais ao sul, mãe, que tem um carrossel. Eu quero muito ir lá. Você me leva um dia?*

VI – A oração

O padre logo abandonou a ideia de conversar com o bispo. O que lhe diria? Resolveu apelar a instâncias superiores e falar diretamente com o Todo-Poderoso.

Deus Pai, Senhor da Luz, iluminai-me! Será, Senhor, um anjo? Que menino é esse? Um anjo, assim encarnado? Ou um corpinho de criança tomado por um espírito maligno que me quer iludir? Um caso de possessão? Naqueles olhos doces? Com tal fala mansa, gentil e pausada, em voz nunca alevantada? Pois quem conhece tanto a Escritura Sagrada só pode ser estudioso ou anjo ou santo ou o Coisa Ruim, que conhece para destruir. Não, não, claro que não. Os conselhos que me deu! Mas quem conhece assim o rebanho a pastorear? Não será armadilha ilusória do senhor das trevas a me iludir? Senhor, Deus meu, ele me apontou os pecados! Perdoai-me, Senhor, por tantos e tão grandes pecados, mas Vós sabeis o quanto tenho lutado contra as tentações, o quanto sou fraco, o quanto coloco, acima de tudo, o serviço a Vós e à vossa Santa Igreja. Senhor, perdoai-me! Iluminai-me a inteligência para que eu perceba, para que eu consiga desvelar as intenções do maligno ou reconhecer o Vosso sinal, Senhor Deus Todo Poderoso! Vós sabeis, meu Pai, que minhas intenções são boas, ainda que por vezes eu peque... E quem é ele para apontar meus pecados? Ele não é sacerdote, não é um Seu representante, ó Senhor do Universo! Ademais, falou neles assim, com total indiferença, sem o fel da repreensão, sem o mel do consolo: apenas os apontou, enumerou-os, sem manifestar juízo moral. Quem pode assim conhecer os pecados alheios sem os censurar? Só pode ser coisa do eterno amaldiçoado! Seus conselhos... ah, seus conselhos! Foram conselhos sobre como ajudar os fiéis a viverem melhor, a se instruírem, a sentirem menos os rigores da miséria e da fome que abate tantos nestes tempos difíceis. Mas ele nada falou do alimento espiritual. Nem uma palavra sobre a salvação eterna das almas. A obediência aos Sagrados Mandamentos. A fidelidade aos divinos preceitos da moral católica. Nada! A sabedoria pode ser mundana, ainda que verse sobre as coisas sagradas. Ah, Senhor, estou vendo, estou vendo que essa criança deve estar tomada pelo espírito das trevas. Hei de denunciá-lo, de pô-lo à prova, de escancarar a face do cão por trás de seus olhos aparentemente doces! Hei de assim zelar por Vosso Reino, pelo respeito às coisas da Vossa Santa Igreja, pela reverência devida aos Vossos representantes! Ajudai-me, Senhor, nessa tarefa! Ajudai-me, eu Vos suplico, a impedir que um menino qualquer atropele assim a autoridade da Santa Madre Igreja!

VII – A verdade

E o menino nunca mentiu. Ele tudo sabia, exceto uma coisa: mentir. Dizia sempre a verdade, bastava que lhe fosse perguntado. Não negava a resposta, se a conhecia, não importando quem o questionasse ou para quê. Foi assim que muitos logo passaram a inquirir-lhe tudo, e a perceber que respostas ele sabia ou não sabia. Um dia, o vizinho, pai de cinco crianças, que levava com dificuldades a vida de chefe de família, pois que a roça não rendia tanto quanto era de se desejar para uma casa de sete pessoas, perguntou-lhe quais números sairiam na próxima loteria. *Não sei*, ele respondeu. *Não sou adivinho...* Mas se lhe mostravam uma vaca doente e lhe perguntavam: *O que ela tem?* Ele a olhava por um tempo, passava-lhe as mãos ao pelo, sentia-lhe a respiração e, com palavras ternas, diagnosticava, indicando o mal e o remédio.

E foi assim que um dia, estando em sua casa uma amiga da mãe, a visitá-la, no momento em que sua mãe fora passar o café e deixara a amiga sozinha na sala com o menino, que brincava num canto do cômodo, a visitante aproximou-se dele e perguntou: *Menino querido, por favor, me diga... Meu marido me é fiel?* O menino, sentado no chão, levantou seus olhos tranquilos para ela e disse simplesmente: *Não*. Ela, com o coração acelerado, não por uma grande surpresa, mas pela confirmação de suspeitas, continuou: *Com quem ele me trai?* E o menino: *Nos dias em que ele diz que sai a jogar com os amigos, nem sempre está com os amigos. Vai à casa de Mariana, a parteira.* Chegando a mãe com o café, viu a amiga a conversar com o menino. *Ele é muito querido, seu filho*, disse a amiga, disfarçando. E no turbilhão de pensamentos e emoções, voltou à poltrona para servir-se de café.

E assim nunca mentia o menino, sempre pronto a dar o que lhe era pedido. Falava com a voz e a meiguice de um menino, qualquer que fosse a informação, o dado, o dardo, a dor que lhe solicitassem. Se a tinha, dava, jamais perdendo a suavidade, nem o brilho plácido de seu olhar misterioso que olhava sempre direto, reto e fundo nos olhos do interlocutor – e raros eram os que sustentavam esse olhar sem dele fugir no correr da conversa.

VIII – O assédio

Como era de se esperar, a fama do menino foi se espalhando. O azeite no papel absorvente: devagar, continuamente e para todos os lados. O médico, o padre, o pessoal do terreiro. Os amigos, os parentes, os vizinhos. Pouco a pouco, foi-se falando no menino misterioso. O menino que sabia tudo. E a cada história se acrescentava uma impressão – neutra, favorável, desfavorável, de louvor ou censura, às vezes de calúnia e medo.

E da difusão da fama nasceu a natural curiosidade. Mais ainda, nasceram esperanças, justificáveis ou não. Medraram desejos, legítimos ou escusos. E atrás das esperanças e desejos seguiam as pessoas que buscavam o menino. A princípio, um ou outro visitante. Se encontravam o menino brincando na beira do rio, ou no balanço que pendia da grande árvore pouco distante da casa, ali mesmo conversavam, perguntavam, pediam. E o menino nunca se negava a responder tudo que sabia – se sabia, resposta concedida. Quando não estava brincando em alguma parte, batiam palmas à entrada da casa e no começo eram recebidos com surpresa pela mãe. *Bom dia*, ou *Boa tarde, como está a senhora? Como está o seu filho? Criança linda, podemos vê-la?* Ela, recalcitrante, desconfiava: *Pra quê? Quem é o senhor? Quem é a senhora? O que deseja?* E a resposta era sempre a mesma: *Só queremos ver o menino, falar com ele, a senhora permite?*

Das primeiras vezes, ela quis recusar, mas o próprio menino apareceu e disse: *Deixe, mãe, eu falo com eles.* E foi até o balanço, sentou-se nele e recebeu os visitantes. A mãe não o impediu, não se aproximou. Depois de falarem com o menino, saíram agradecendo a mãe, os olhos brilhando. Após algumas visitas, ela nunca mais impediu ninguém de conversar com seu filho.

Logo, o número de visitantes começou a aumentar e tornar-se constante. Formavam-se filas. O que perguntar a alguém que sabe tudo? Cada um tinha sua pergunta. A maior parte levava problemas de saúde: *Como curo este mal de que padeço?* E o menino olhava nos olhos, tocava, apalpava, às vezes perguntava algo, analisava a informação dada e logo respondia. Indicava os remédios, as ervas, as raízes, os regimes, os exercícios, as atitudes – cada conselho conforme a necessidade de quem o procurava.

Não demorou para que alguém, satisfeito com a resposta, lhe estendesse uma cédula de dinheiro. O menino recusou: *Não, obrigado. Não preciso. Use para comprar uma bola de futebol para seu filho, ele ficará muito feliz.*

Nunca o menino que tudo sabia aceitou qualquer dinheiro ofertado em troca de suas respostas. Lá ficava ele, sentado no balanço, ouvindo um a um e respondendo tudo que lhe perguntavam. Preocupada pelo longo tempo em que ele assim permanecia, a mãe estabeleceu horários durante os quais ele não poderia receber ninguém. Tinha que brincar, ficar um pouco consigo mesmo, dormir bem, fazer com ela as refeições. Embora sob o peso das dificuldades, a mãe concordou com o filho quando o menino lhe pediu: *Mãe, por favor, não aceite dinheiro de ninguém que venha me visitar.*

De qualquer modo, muita gente chegava carregando presentes: galinhas, porcos, verduras, legumes, frutas – as melhores ofertas dentre aquilo que tinham – e colocavam tudo perto da árvore. O menino não se opunha, nada dizia, embora nunca tocasse nesses presentes, o que a mãe fazia depois que fosse embora o último visitante, no momento que ela mesma havia estabelecido como limite para os atendimentos: a hora em que o sol baixava no horizonte. Também estabeleceu que, às segundas-feiras, seu filho não receberia ninguém.

O menino nunca aparentava cansaço. Era sempre afável e acolhedor. Num dia de balbúrdia graças ao grande número de visitantes, o vizinho Onofre, sitiante aposentado que apenas vigiava sua pequena propriedade tocada pelo filho, dispôs-se a organizar a fila, voluntariamente, sem que ninguém lho pedisse e também sem pedir a ninguém. Investiu a si próprio da autoridade supostamente derivada da situação vicinal e, ante uma quantidade de visitantes grande demais para organizarem-se sozinhos, pôs-se a orientar o atendimento. Nem o menino, nem a mãe se opuseram, tampouco o autorizaram formalmente – apenas o deixaram fazer o que queria. Ele mantinha todos a uma distância tal do menino que ninguém da fila pudesse ouvir o que a criança conversava com quem estava atendendo. Católico das antigas, embora preguiçosamente praticante, via os atendimentos como uma espécie de confissão, exigindo os respeitos característicos do sacramento.

A certa altura, lembrou-se de ter no porão de casa um antigo jogo de bingo, e foi buscar as fichas redondas com os números. Adotou-as como senha, que distribuía por ordem de chegada, até que se esgotasse a última. Se o número de visitantes era maior que o de fichas, ele as distribuía novamente a partir do primeiro número, já que as ia recolhendo a cada atendimento.

E assim, todos os dias, formavam-se grandes filas de gente que o menino atendia.

IX – As visitas

– O que tem o meu filho, menino? Ele anda mal na escola, preguiçoso. E era tão diligente e dedicado... Agora tudo desandou nele...

– Está com vermes, seu Sebastião. Procure um vermífugo na farmácia. Só isso. Ele vai ficar bom.

– O que eu devo plantar? Porque minha roça anda tão ruim, não tá dando nada... Tá difícil sobreviver...

– Sua terra é boa. Mas o senhor precisa de adubo. Junte todo o esterco do gado, dos porcos, da granja. Se o senhor usar esse adubo, o milho vai dar bem, pode ter certeza.

– Olha quantos furúnculos eu tenho, meu filho! Estão aumentando de número... Como eu resolvo isso?

– Primeiro, a senhora tem que parar de coçá-los. Se ficar coçando, eles se espalham com mais facilidade. A senhora precisa tomar uma colher de chá de cúrcuma em água, três vezes ao dia. Tome bastante água ao longo do dia. E faça uma mistura de alho esmagado e suco de cebola e passe nas feridas, várias vezes ao dia. Isso vai ajudar bastante. Quando os furúnculos estiverem com muito pus e doloridos, ponha o braço em uma bacia com água morna e um pouco de sal por 15 minutos. E não se preocupe, não é nada grave, é só a senhora ter esses cuidados que logo saram.

Assim eram as conversas mais simples, os pedidos corriqueiros. Mas havia os casos mais complicados. Como o de um fazendeiro que viera de longe. Deixou um porco bem gordo ao pé da árvore, esperou sua vez e foi logo pedindo: *Alguém está me roubando na colheita. Quero saber quem é.* O menino recomendou-lhe que falasse com seu contador, que pedisse para ver as contas, as anotações de entradas e saídas, e conferisse com as quantidades que saíam de sua fazenda. O fazendeiro agradeceu e partiu imediatamente.

Dias depois, apareceu na casa do menino, à procura da mãe, o delegado da região. Queria conversar com o menino. A mãe fez o filho interromper os atendimentos e levou-o para conversar com o delegado.

– Você disse ao Sebastião Fagundes que o contador dele o estava roubando?

– Não exatamente. Ele me perguntou quem o estava roubando na colheita e eu lhe recomendei que olhasse com atenção os registros do contador.

– Pois é. O contador realmente estava desviando dinheiro. E isso lhe custou a vida. Sebastião alega que, descoberta a falcatrua, discutiu com o contador, que o ameaçou com uma faca. Diz que o matou em legítima defesa, ante a ameaça. Um tiro no peito contra uma ameaça a faca. E lá se foi o contador, deixando viúva e quatro filhos. O Sebastião está dizendo a verdade?

– Delegado, faça o trabalho de investigação. Veja o ângulo de que partiu o tiro e onde estava a faca que o contador supostamente teria usado. Quem leva um tiro no peito de cima para baixo, sentado, não cai com a faca na mão. E não ameaçaria com uma faca, sentado, um homem armado em pé diante de si...

– Está bem, entendi. Diga-me uma coisa: quem matou o Pedro carpinteiro? Até hoje não me convenci daquele julgamento...

– Pode tirar o peso da consciência. O acusado absolvido por falta de provas é realmente inocente. Está sofrendo muito com a desconfiança pública e pagando por algo que não fez. Pedro suicidou-se. O azar do desafeto foi ter chegado na hora exata do salto. Ele não o empurrou, pelo contrário, tentou segurá-lo. Pedro andava atormentado pela falta de gosto que tinha por sua mulher, o senhor entende? Sentia-se uma aberração.

– Como você sabe?

– Se o senhor perguntou, é porque sabe que eu sei, caso contrário, não teria perguntado.

E o delegado partiu muito impressionado, livre de um fardo e carregando outro talvez mais pesado: não sabia se teria coragem para acusar o poderoso Sebastião. *Afinal, nada trará o contador de volta, e Sebastião também tem filhos e muita gente que depende dele*, racionalizou, reforçando a decisão no fundo já tomada de manter-se em covarde omissão.

Ele não se omitiria, entretanto, quando lhe chegassem as primeiras queixas contra o menino, acusando-o de curandeirismo e exercício ilegal da medicina.

X – O carrossel

Numa segunda-feira de feriado, a mãe resolveu que cumpriria o desejo manifestado pelo filho. Buscou o cavalo no pasto, arriou o animal na charrete, preparou o farnel da viagem, e partiram para a cidade onde o filho havia dito existir um carrossel. Ao longo do percurso de algumas horas, num caminho pelo qual havia muito a mãe não passava, conversaram pouco, como de costume, mais sobre amenidades e coisas sem importância. O menino parecia encantado com tudo que via pelo trajeto, visões de terras novas para ele. Os campos plantados em absoluta simetria, a perder de vista, os bosques fechados ao lado da estrada, aves e animais encontrados enquanto venciam a distância. Era uma paisagem bem diferente daquela de sua primeira viagem ao terreiro.

Chegados à cidade, o maior aglomerado de habitações na qual o menino havia estado em sua curta existência, dirigiram-se diretamente ao pequeno parque onde, ao centro, se encontrava o carrossel. Embora plantado numa cidadezinha do interior, era de uma imponência que impressionava, com seus numerosos cavalinhos tão bem esculpidos na madeira e pintados com esmero. Assim que a charrete parou, o menino desceu e saiu correndo em direção ao brinquedo, desobediente à voz da mãe que lhe pedia que esperasse. Em meio à corrida, voltou-se para trás, dirigindo um satisfeito sorriso para a mãe, que percebeu nisso um gesto de gratidão. A certa distância, ela viu o menino aproximar-se do homem que controlava o carrossel, momentaneamente parado enquanto algumas escassas crianças subiam nele. Assim que percebeu o menino se aproximando em disparada, o homem também sorriu (foi o que achou ter visto a mãe de longe), abaixou-se para ficar numa altura mais proporcional à do menino e acolheu-o com um abraço, que a mãe julgou bastante caloroso. Rindo e conversando, os dois subiram ao carrossel, e o homem levantou o menino para colocá-lo sobre um garboso cavalinho dourado. Em seguida, fez movimentar o motor do aparelho, que se pôs a girar em meio à música automaticamente acionada.

A essa altura, a mãe já se havia aproximado do carrossel. Parou a poucos metros, inebriada pela canção e hipnotizada pelo movimento do brinquedo. O homem continuava ao lado do cavalo em que montara seu filho, em pé, girando com o conjunto de cavalinhos que subiam e desciam, conversando animadamente com o menino. Era um homem alto, moreno, bem vestido, muito bonito. Tão bonito como jamais ela havia visto homem algum. Em um dos giros da máquina, o homem voltou-se brevemente à ela, esboçando um sorriso acompanhado de leve aceno de cabeça, enquanto se afastava de costas, levado pelo movimento do brinquedo. Como se acordasse de um sonho, a mãe se afastou em direção a uma barraquinha de cachorro-quente. Embora não estivesse com fome, resolveu comprar e comer um enquanto esperava o filho brincar.

A cada vez que o carrossel parava para as crianças descerem e subirem outras, ela aguardava seu filho, que, entretanto, não saía do seu cavalinho. O homem simplesmente esperava a meninada sair, recebia os tíquetes das que subiam (e ela deu-se conta de que seu filho não havia comprado o bilhete antes de entrar no brinquedo) e punha a grande roda em movimento, subindo logo para ficar ao lado do menino, girando e conversando, girando e conversando. Depois de muitos ciclos, com trocas de crianças (menos do menino, que sempre permanecia no mesmo cavalo), a mãe se perguntou quanto teria que pagar para seu filho usufruir da brincadeira por todo aquele tempo.

Muitos giros depois, resolveu aproximar-se e chamar o menino. A grande máquina brilhante parou, deixando escapar todas as crianças, inclusive, desta vez, o seu filho. Ele correu em direção à mãe e a abraçou.

– Obrigado, mãe.

– Filho, precisamos pagar o homem do carrossel.

– Não precisa, mãe, ele é meu amigo, disse que eu posso brincar de graça sempre que quiser.

– Como assim, seu amigo?

– Ah, ele já tinha ouvido falar de mim. É um homem muito sábio. Entende o que se passa no coração das pessoas. Chama-se Lúcio.

Voltando o olhar em direção ao carrossel, a mãe viu Lúcio, que novamente sorriu e acenou para ela. A mulher devolveu um aceno tímido. *Quer um cachorro-quente?* Perguntou ao filho, que aceitou prontamente a oferta.

As horas seguintes foram raras: mãe e filho divertindo-se junto no parque. Foi a primeira vez em que ela sentiu-se plenamente mãe de uma criança que parecia normal.

A mãe aproveitava aquela alegria simples, mas intensa, quando começou a ouvir, primeiro ao longe, depois se aproximando cada vez mais, uma música que não escutava pela primeira vez. Tentou identificar e lembrou-se: era a mesma canção que alguém tocara quando visitaram o terreiro. Uma melodia suave, na voz de um violeiro, que cantava acompanhado de seu instrumento.

Mãe e filho olharam na direção daquele som e viram então o violeiro, parado a algumas dezenas de metros. Um pequeno grupo de pessoas começou a circundá-lo para apreciar a bela canção. Uma paz desconhecida invadiu a alma da mulher. O menino então lhe disse para esperar ali, que ele ia falar com o músico. A mãe obedeceu e acompanhou o filho com os olhos e o coração. Seu menino, aquele menino misterioso e especial que ela tinha gerado em seu ventre, caminhou na direção do artista e chegou perto dele no exato instante em que o cantor terminava sua apresentação. O público bateu palmas animadamente.

Quando viu o menino, o violeiro, como havia feito Lúcio, sorriu com um sorriso bem aberto e luminoso. Abaixou-se e recebeu a criança com um abraço. Mais uma vez, a mãe espantou-se com a reação de um estranho, mas permaneceu apenas observando a distância. Seu espanto foi ainda maior quando, depois de alguns minutos de conversa, o violeiro tirou do ombro a correia que sustentava a viola e enlaçou com ela o pescoço do menino, passando-lhe o instrumento.

Violeiro e menino despediram-se com um abraço, e a criança correu em direção à mãe, carregando desajeitadamente a viola, excessivamente grande para o tamanho de seu corpinho infantil. *Ele também é meu amigo, mãe*, foi logo explicando o menino, *e me deu a viola. Disse que tem outra e que esta não vai lhe fazer falta, estava desde sempre destinada a mim.*

A mãe não se acostumava, mas a mistura de sensações não lhe era novidade: espanto, admiração, medo, respeito, dúvidas, amor, amor, amor – sentimentos variados, díspares, contraditórios, paradoxalmente constrangendo e expandindo-lhe a um só tempo coração e alma.

Com o Sol já anunciando que logo se deitaria no horizonte, mãe e filho tomaram o caminho de volta para casa, onde só chegariam com a noite alta, felizmente bastante enluarada para iluminar-lhes o caminho. Mas a luz maior do trajeto foi outra: a certa altura, o menino pôs-se a dedilhar as cordas da viola. Apesar de seus dedos miúdos mal darem conta de segurarem o instrumento, suas mãozinhas mostraram inimaginável destreza. Saiu delas a mesma melodia que a mãe ouvira antes no terreiro e no parque do carrossel. Outras se seguiram, todas desconhecidas da mulher, mas sempre vibrando profundamente em sua alma, em consonância com as cordas, como se ela mesma tivesse dentro de si uma orquestra regida pelo menino e que movimentava regiões inexploradas de seu íntimo.

Terminada aquela jornada incomum, mãe e filho dormiram pesadamente naquela noite.

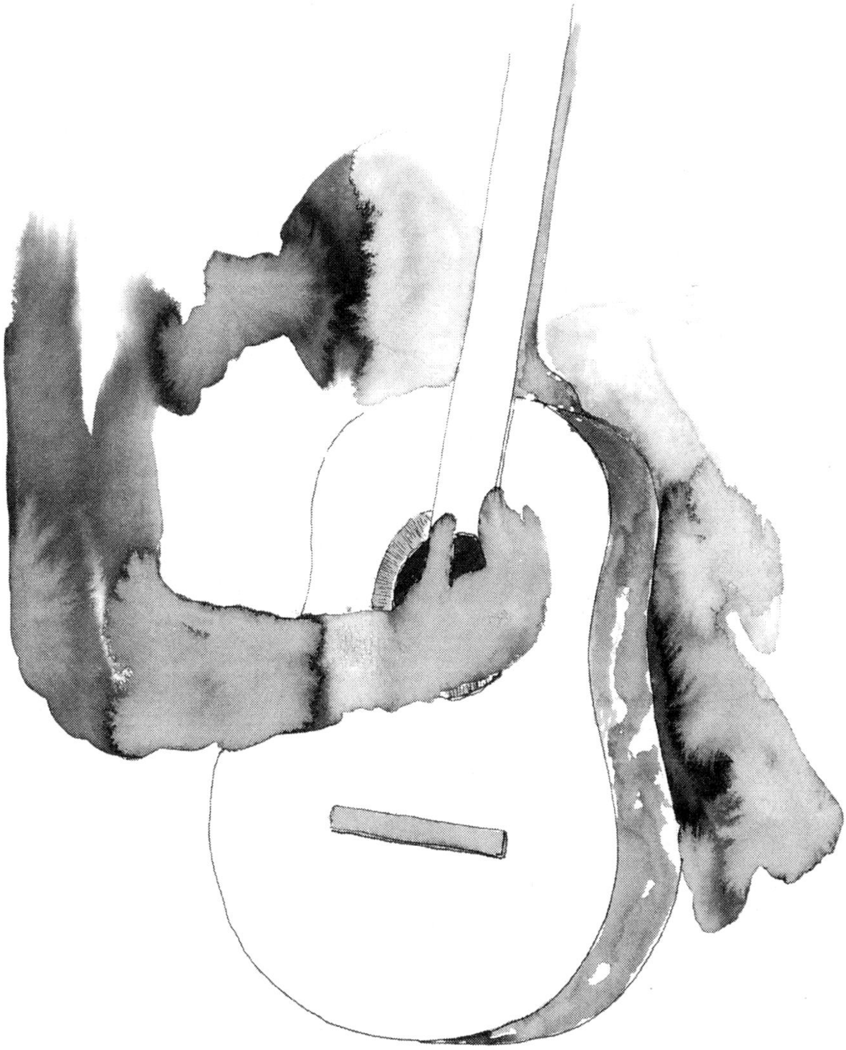

XI – O ataque

Do púlpito, partiu a violenta onda de rejeição ao menino. O padre começou a mover uma campanha contra ele. Seus discursos dominicais eram inflamados. O menino passou a ser tema dominante das homilias.

– Onde está a virtude? Estaria a virtude no conhecer? Bastaria a alguém tudo saber para chegar ao auge da virtude? Não, certamente que não! Muitos foram os santos cuja ignorância das coisas do mundo não lhes impediu a iluminação divina da inteligência, nunca voltada aos saberes mundanos, mas às coisas do espírito! Não foi, por exemplo, o Santo Cura d'Ars um grande exemplo disso? Sua pouca inteligência era notória, mas o Espírito Santo apossou-se dele e fez do homem rude um santo com grande entendimento das coisas de Deus! Em sentido contrário, há asseclas do demônio que têm grande conhecimento. Hitler não era nada ignorante. Stálin era um líder cheio da cultura mundana, que nada evitou fosse ele um tirano assassino... O diabo é sagaz. Ele ronda em torno de nós como uma fera pronta a nos devorar, ensina a Escritura Sagrada. Não lhe falta o conhecimento das coisas naturais. Quem conhece muito, mas não faz bom uso do que conhece, não está na trilha da virtude. É um prestidigitador aquele que usa o que sabe sem medir as consequências morais do que revela.

– Todos sabem de alguém que se arvora em sábio, que responde todas as perguntas. Eu lhes pergunto: aquele que assim faz está sob a influência da Santa Madre Igreja? Presta obediência ao Santo Padre, o papa? É visto na frequência aos Santos Sacramentos? Frequenta a Santa Missa? Comunga? Confessa-se? Pois quem não é com Cristo, é contra Cristo!

Aquele que não adere publicamente aos preceitos do Senhor, que não busca aproximar-se das sendas seguras do Catolicismo, que despreza os conselhos da Igreja fundada por Cristo, esse está no caminho oposto. É instrumento do demônio para perdição das almas. Ou prega, pelo exemplo, a indiferença às ordens de Nosso Senhor Jesus Cristo, ou, ainda pior, semeia a discórdia entre os católicos...

– Cuidado, irmãos, cuidado com os ardis do maligno... Saibam reconhecer a voz de Cristo, a voz de sua Santa Igreja. Analisem as palavras que lhe são ditas. Se têm valor moral. Se conduzem à prática do bem. Se carregam conselhos virtuosos. Se assim não forem, são palavras venenosas, são instrumentos do mal para perdição das almas, escondidos atrás de uma vã sabedoria sem valor moral...

Na igreja lotada, o padre encontrou uma audiência atenta. Vários dos presentes já tinham recorrido ao menino. E, portanto, quase todos conheciam alguém que havia estado com a criança que tudo sabia. E tivera respostas. E fizera dela seu uso próprio. Às vezes, com prejuízo de terceiros. E em alguns casos, como acontecera com o contador que desviava verbas do fazendeiro, o final fora trágico. A dúvida instalava-se, e o padre semeava em campo fértil... Mesmo quem fora favorecido por alguma resposta do menino, se era apegado à fé defendida pelo padre, vacilava. Alguns se perguntavam: *Terei sido iludido, embora ajudado, por alguém contrário à Igreja?*

XII – O delegado

O delegado tinha o hábito de acordar muito cedo. Gostava de estar pronto, vestido, tomando café na varanda, quando o Sol aparecia. Sentia-se renovado. A cada dia, o Sol refazia seu ritual repetitivo, mas sempre começando um dia diferente, único. Ele gostava de sentir-se assim, como o Sol: igual a si mesmo, mas renovado a cada vez que surgia a luz no horizonte.

Enquanto sorvia a pequenos goles seu café fresco e quente, pensava na sucessão dos renovados dias que o haviam levado até este que acabava de surgir. A infância difícil no interior, como a de tanta gente, mas que uma criança pouco percebe, porque disfarça nos folguedos infantis e na traquinagem cotidiana qualquer preocupação com o pouco pão, a cama dura, os olhares tristes dos pais. E na criança sempre vive a esperança. No caso dele, a esperança que vingou. Tido como criança esperta e inteligente, conseguiu sair-se bem nos estudos. Alcançou algo raro para alguém da sua origem: foi fazer faculdade na Capital. Trabalhava o dia todo, em funções subalternas – empacotador, caixa, entregador, balconista... – para à noite mergulhar nos estudos. Com gosto, um gosto não pelo estudo em si, mas pelo futuro que lhe prometia trazer. Conseguiu formar-se em Direito. E não demorou a conseguir um cargo de delegado. Depois de alguma peregrinação por diferentes cidades, acabara por fixar-se ali, onde tinha tudo que poderia desejar: um salário digno, uma casa simples e confortável, esposa, três filhos, a proximidade com o mundo rural no qual tinha raízes.

A cidadezinha do interior não lhe dava grande trabalho. Um homicídio ou dois por ano, no máximo, alguns casos de furto e roubo, brigas de famílias. Nada de realmente muito sério ou complicado. Entretanto, curiosamente, nos últimos anos, ele vinha sentindo alguma coisa diferente, estranha, no ar. Nada de muito objetivo. Mas ele percebia algo um tanto indefinido, como uma espécie de "peso" na atmosfera. Essa impressão se fixara mais em sua alma quando prendeu o último assassino na região sob sua jurisdição. Interrogou o criminoso e surpreendeu-se com a carga de ódio e maldade que percebeu no sujeito. Nunca havia visto aquilo. Em geral, ao menos pelas experiências que tivera ao longo de sua carreira, as pessoas caíam no crime por necessidade, ou por razões passionais, ou, no pior dos casos, por um desvio moral mais tendente à preguiça que à maldade propriamente dita. Um ou outro, casos raros, tinha distúrbios psíquicos – problema mais da Medicina do que do Direito. Naquele caso, entretanto, vira chispas de um ódio incomum nos olhos do assassino. Ficou impressionado. Nos esporádicos contatos com colegas de regiões próximas, recebia notícia de alguns casos um tanto fora do padrão. E isso o preocupava. Seria um sinal dos tempos?

Agora, estava às voltas com um caso complicado. O caso do menino que curava. Ouvira o sermão do padre claramente dirigido ao menino, embora sem o citar diretamente. Recebera algumas denúncias de curandeirismo e prática ilegal da Medicina, feitas por paroquianos mais próximos do sacerdote. Nenhuma queixa oficial, com boletim de ocorrência, mas reclamações insistentes de algumas pessoas, chamando-o ao cumprimento do dever. Ele não podia deixar passar em branco, sob pena de ser acusado de desídia no cumprimento da função. E ele sempre procurara portar-se exemplarmente, nunca dera margem a qualquer reclamação sobre seu trabalho, embora, obviamente, não fosse possível agradar a todos na sua função. Mas nunca fora acusado de indolente, desleixado, pouco zeloso de seu papel. E não cabia a ele julgar, mas apenas investigar e, se fosse o caso, prender. O juiz era quem decidia sobre a culpa ou inocência de qualquer pessoa que ele prendesse, era o juiz quem determinava a pena. Ele apenas apurava os fatos e cumpria a lei no que lhe dizia respeito. De todos os casos que havia investigado, apenas um não tivera solução: o desaparecimento de um pescador, justamente o pai do menino. Entretanto, não parecia ser propriamente um caso de polícia. Um pai que foge quando cai sobre si a responsabilidade de criar um filho não é exatamente algo incomum. O curioso era a absoluta falta de qualquer pista sobre seu paradeiro: ninguém o vira, ninguém tinha qualquer notícia dele desde que havia sumido. O caso fora arquivado por completa falta de informações.

O delegado era católico, como todo mundo. Seguia os hábitos familiares. Ia à missa todos os domingos e achava que isso era o suficiente. Não era visto na fila da comunhão ou ajoelhado no confessionário, mas ninguém poderia apontá-lo como um ímpio ou desrespeitador das coisas da Igreja, muito ao contrário. Seus filhos eram batizados, frequentavam a catequese, fizeram a primeira comunhão, receberam a crisma, tudo conforme os velhos costumes. Sua esposa frequentemente participava das atividades voluntárias da igreja, como todas as mulheres de família na cidade, embora não estivesse sempre grudada na barra da batina do padre, como acontecia com o indefectível grupo de carolas que viviam à sombra do templo católico e participavam de toda e qualquer atividade proposta pelo vigário. Internamente, no seu foro íntimo, considerava-se um bom católico. Nunca roubara ou matara, procurava não fazer ao próximo o que não queria que fosse feito a si próprio, buscava cumprir rigorosamente suas funções de delegado, nunca se envolvera com o crime, como sabia acontecer com alguns colegas, ovelhas negras do rebanho, especialmente nas cidades maiores. Estava em paz com sua consciência.

Quando esteve na casa do menino pela primeira vez, ficou espantado. Achou que tudo que diziam dele fosse apenas boato. Que devia ser uma criança qualquer, talvez um pouco mais inteligente que a média, à qual a ignorância do povinho simples atribuíra dons fantásticos. Mas não foi o que encontrou lá. Sentiu-se perturbado por aquela criança tão doce e gentil, mas ao mesmo tempo firme e segura de si. O menino lhe respondera tudo que lhe fora perguntado, com precisão e sabedoria, sem mentir, mas sem se comprometer. Com certeza, era inteligente e esperto. Mas havia muito mais do que simplesmente uma inteligência e uma esperteza absolutamente incomuns para uma criança daquela idade. Ele sentira isso. E de um modo estranho: saiu da casa do menino com sentimentos confusos e contraditórios. Ao mesmo tempo em que sentira envolver-se numa aura de paz enquanto ouvia o menino, uma aflição indefinida surgira-lhe no fundo da alma assim que saiu dali. Não conseguia avaliar direito o que era aquele menino. Entretanto, não havia pensado muito mais no caso, já que, no que dizia respeito à razão da sua visita à criança, tudo fora resolvido.

Agora, entretanto, era diferente. O delegado começava a sentir uma pressão sobre si, vinda dos círculos próximos ao padre, e não podia abster-se de fazer alguma coisa. Resolveu averiguar. Ia, mais uma vez, conversar com aquele menino peculiar.

XIII – A sobrevivência

Sete horas da manhã. Mãe e filho acordados desde o nascer do Sol. O Sol... Queima e ilumina. Ilumina e queima. Aquece. Às vezes, demais. Olhando o Sol nascente, ao som das aves matinais, dos galos que replicavam uns aos outros de diferentes distâncias, a mãe do menino pensava na sua bênção maldita, ou maldição bendita. Não são assim tantas coisas na vida? Ou seriam todas? Tudo tem seu lado bom e ruim. A vida anda no mesmo passo da morte. Um dia a mais de vida é sempre um dia a menos de vida. A vida que lhe deu um filho tirou-lhe o marido. O filho que lhe dava medo, que ainda lhe provocava muito medo... agora, acostumava-se com ele. Mesmo nessa proximidade distante, de um filho que era dela, que lhe saíra do ventre, mas lhe parecia tão estranho. *A gente se acostuma com as coisas mais estranhas quando se tornam rotina*, concluía. Ela jamais imaginaria essas multidões à porta de sua casa, em busca de um filho seu, uma criança que tudo sabe. Ela nada perguntava ao filho sobre os atendimentos, nem conversava com os visitantes sobre o que haviam tratado com o menino. Por medo ou respeito em relação àquilo que não entendia, deixava tais coisas nas sombras do segredo. Suas dificuldades com o desaparecimento do marido haviam sido muitas. No começo, contara com a ajuda de amigos, parentes, vizinhos. Conseguira sobreviver. Quando as visitas começaram e, naturalmente, criaram o hábito de depositar presentes aos pés da árvore, a sobrevivência ficara mais fácil. Não lhes faltava o básico para a subsistência. Chegavam a ter alguma folga. Entretanto, se as doações começavam a avolumar-se, o menino pedia-lhe: *Mãe, por favor, envie aquele leitãozinho para a família que mora na beira do rio, num casebre de pau a pique, dois quilômetros acima. O saco de arroz, mande para a associação comunitária na entrada da cidade.* A princípio, ela sentia-se contrariada, já que não conseguia acumular nada. Mas logo percebeu que o menino sabia a medida exata do que manter para que não passassem necessidade.

A mulher tomava café e olhava o céu colorido, absorta em seus pensamentos, quando chegou o delegado.

XIV – O interrogatório

Desde muito cedo, já havia uma grande fila de gente esperando o menino aboletar-se no seu balanço. Naquele dia, entretanto, ele tomou seu café da manhã e continuou dentro de casa, para surpresa da mãe. *Você não vai atender o povo, meu filho?* – perguntou ela com suavidade. *Estou esperando uma visita, mãe* – ele respondeu. Antes que a mãe questionasse qualquer coisa a respeito, ouviu palmas na entrada, acompanhadas de um grito: Ó de casa! A mãe levantou-se e viu o delegado, que se aproximava. Convidou-o para entrar e fez com que se sentasse na sala.

– Vim conversar de novo com seu filho um pouquinho, se a senhora não se importa.

– De modo algum, senhor delegado. Algum problema?

– Bem, se a senhora quiser, fique aqui e acompanhe nossa conversa.

A mãe, entretanto, disse que não. Que deixava ao filho a liberdade de dizer o que quisesse, pois confiava nele. Pediu licença e retirou-se.

O menino então se dirigiu ao delegado. Foi direto, mas mantendo a delicadeza característica no seu tom de voz:

– Estou a seu dispor, delegado.

– Bem, o que posso dizer... Olhe, eu estou aqui para cumprir meu dever de delegado. Preciso saber algumas coisas... Mas, veja bem, estou apenas colhendo dados preliminares, não se trata de uma investigação, ainda não, pelo menos... Preciso ouvir o que você tem a dizer...

– Pergunte o que quiser.

– O fato é que algumas pessoas o estão acusando de prática ilegal da Medicina e curandeirismo. Aqui entre nós, o padre tem feito sermões em que insufla o povo contra você, dizendo que seu conhecimento vem do diabo, já que você não é um fiel frequentador da Igreja e dos Sacramentos... E ainda há aquele caso do contador assassinado, fato a respeito do qual certas pessoas procuram lhe atribuir alguma culpa. Entende?

– Sim, entendo perfeitamente.

O delegado tentou ser o mais gentil possível:

– E o que você tem a dizer sobre isso, meu filho?

– O senhor sabe, por experiência própria, inclusive, que eu apenas dou às pessoas as respostas que sei às perguntas que elas me fazem. Os fatos, delegado, são os fatos, simplesmente. Assim como as pedras. Veja as pedras do caminho pelo qual o senhor passou para chegar até aqui: lá estão elas, imóveis, eternas. Até que alguém as pegue. Qualquer pessoa pode pegar as pedras que se acumulam nesses campos e construir com elas um forno, uma casa, uma barragem no rio – não vemos essas coisas por todos os lados? Mas alguém pode lançar uma dessas pedras na cabeça de alguém. Pode quebrar uma vidraça. As pedras lá estão, à disposição de quem as queira utilizar. Cada um sabe o que faz das pedras que lança – as pedras não têm qualquer culpa nisso. É de pedras que construímos tudo.

As pedras duras da verdade.

Ante o silêncio atento do homem da lei, o menino continuou.

– O senhor fala em exercício ilegal da Medicina... Se o senhor quer falar em leis, o que se pode imputar a uma criança? Ademais, diga-me: de todos que por aqui passaram pedindo-me verdades sobre suas doenças, quantos se curaram? Quantos pioraram ou morreram? Senhor delegado, apenas respondo a cada um aquilo que me pergunta, desde que eu saiba. Há algum mal ou ilegalidade em dizer a verdade? Se alguém se aproxima de mim e questiona: *Que mal tenho e como posso curá-lo?* Eu digo o que sei. Digo o que a pessoa tem e o que pode curá-la. Só isso. Não passo receitas, não vendo remédios, não solicito exames. Sempre que alguém me pergunta algo cuja resposta eu saiba, não lhe sonego a verdade que conheço. Onde há nisso qualquer ilegalidade, maldade, engodo?

O delegado permanecia mudo, atônito ante as palavras da criança.

– Quanto ao caso do contador, creio que já esclarecemos tudo, não é? Mas é bom lembrar: o fazendeiro fez o que fez por conta própria. Soube da verdade e fez mau uso dela. E eu pergunto se o senhor, delegado, tem feito bom uso de todas as verdades que conhece. Sei bem como é difícil o dilema quando a escolha pelo cumprimento do dever tem graves consequências que afetam terceiros. E não o censuro. Porque, senhor delegado, saiba o senhor que não censuro ninguém. Porque a mim ninguém deve prestar qualquer conta. Eu apenas dou o que tenho, quando me pedem. Porque acredito que não posso guardar com egoísmo o que sei, já que os fatos não são meus.

Finalmente, o delegado conseguiu falar:

– Está bem. Obrigado por conversar comigo. Eu preciso ir agora. Tenha um bom dia...

E saiu, atordoado. E pensativo: o menino, evidentemente, sabia que ele, pela primeira vez em toda sua inatacável carreira, havia feito vistas grossas no caso do assassinato do contador. Sentiu medo. Medo de um menino que sabia tudo. Mas não via como poderia fazer qualquer coisa contra ele – e nem sentia vontade de tomar uma atitude contra aquela criança. Era um homem reto. E teria que lidar agora com três forças que lhe revolviam a alma: a pressão do padre, o conhecimento do menino e o peso na consciência.

XV – A divisão

Aquela manhã de domingo não parecia uma manhã como outra qualquer. Alguns dias antes, o menino havia dito à mãe que não receberia ninguém no domingo seguinte. Falaram com Onofre para avisar a todos que, excepcionalmente, não haveria atendimento. Apesar de todos os ataques do padre, que haviam feito diminuir consideravelmente o número de pessoas que apareciam para falar com o menino, a quantidade de visitantes continuava suficiente para encher-lhe o dia. Mas não naquele. Sem mais explicações, ele disse simplesmente que não receberia ninguém. Como sempre, a mãe respeitou seu desejo, e Onofre fez circular a notícia.

As primeiras atividades matinais, rotineiras, foram as de sempre. Mas o ar estava diferente. O filho mais calado e contemplativo que de costume.

E o dia foi diferente também na cidade. Aquele esquecido povoado interiorano dividiu-se. O padre não escondia suas restrições ao menino. Seus acólitos, a trupe fiel que sempre se protege da vida entre os muros da Igreja – pois que é mais fácil mudar os olhos de ver o mundo do que mudar o mundo – o seguia. Muitos daqueles que tinham sido favorecidos pelas respostas do menino estavam do lado da criança. Complicavam-se as separações quando entrava em cena o crime do fazendeiro – este, um ferrenho defensor do menino que sabia tudo. Entretanto, o latifundiário tinha seus desafetos, entre eles, os parentes e amigos do contador abruptamente morto, que tendiam a não simpatizar com o menino por não gostarem do fazendeiro.

Entre os dois lados, estava o delegado, cindido por sentimentos contraditórios. Misturavam-se respeito e medo com a certeza de que aquela criança não era má, não fazia nada de errado, mas tinha um conhecimento que poderia ser perigoso para alguns. Para ele, inclusive, assim como fora para o contador.

Uma hora haveria de exacerbar-se a crescente divisão – que fermentava nos disse-que-disse, nas conversas por vezes mais acaloradas sobre uma doença curada, uma família desfeita pela descoberta de uma traição ou a sempre comentada morte do contador. E foi o que aconteceu, num domingo de missa.

Depois de mais uma inflamada prédica do sacerdote, num bem construído discurso que estigmatizava a sabedoria do demônio – anjo caído que tudo conhece e que usa seu milenar conhecimento para corromper as almas, usando como instrumento espíritos afastados da comunhão da Igreja –, a pólvora das opiniões divergentes foi acesa.

Ao final da missa, discussões exaltadas tomaram forma entre grupos opostos na porta da igreja. Alguém lançou a ideia de irem confrontar o menino, tirar a limpo quem ele era, atestar se era ou não um seguidor do diabo. A turba excitada concordou. Os contrários queriam ir para desmascarar o menino. E para isso muniram-se de Bíblias e terços e água-benta, formando uma hoste atrás do padre. Os favoráveis ao menino também se dispuseram a marchar para defender a criança. Assim como os raros que não haviam tomado partido, desejosos de assistir o desfecho daquela disputa. Seguiu também o delegado, imbuído da missão de tentar manter a ordem.

XVI – A despedida

Naquela manhã de domingo, mãe e filho acordaram tranquilos. A mãe preparou o café da manhã, arrumou as camas, chamou o filho à mesa. Comeram e conversaram amenidades. Sem identificar razão, a mãe sentiu naquele dia, vendo o rosto daquela criança, um amor de explodir no peito de tão grande. Ela desistira de perguntar-se o porquê de sua incomum situação. Aos poucos, o medo inicial fora sendo substituído por respeito e admiração – e, naquele dia, um amor incontido, que a perpassava toda, parecendo preencher e estufar cada célula de seu corpo e tomá-la completamente.

Naquela manhã de domingo, a mãe, por fim, ousou fazer as perguntas que nunca tivera coragem de expressar: *Filho, onde está seu pai? O que é feito dele?*

O olhar plácido do filho fixou-se nos seus olhos. E ele disse: *Não o conheci. Mas sei que é um bom homem. E sei que está seguindo seu caminho. Sei também que a ama.*

Ela não quis transpor mais fronteiras. Espantou-se com os verbos declinados no presente: é, *está*, *ama*. Quase se arriscou a perguntar se o marido estava vivo, mas se conteve ao perceber que as palavras do filho já haviam respondido. Seus olhos marejaram.

A misteriosa criança olhou-a então ainda mais ternamente e começou um discurso que a deixou completamente perplexa, emocionada e confusa. *Mãe, quero dizer-lhe que você é, e sempre foi, uma excelente mãe. Eu não poderia desejar neste mundo alguém melhor que você. Só tenho a agradecer por sua paciência, apoio, compreensão e coragem. Você foi a melhor coisa que me aconteceu nesta vida. Você é forte e precisa continuar sendo. Em todos os momentos, você sempre fez o correto, o que devia ser feito, o melhor. Você tem dúvidas, receios, medos. E continuará tendo. Mas sei que você sempre saberá como agir.*

A verdade tem seu tempo – continuou. *Muitas pessoas não sabem o que fazer com as coisas que conhecem. Há pessoas para as quais a ignorância pode parecer uma bênção. O conhecimento por vezes é um fardo. O que alguém deve fazer com tudo aquilo que sabe? Pode ajudar os outros? Essa ajuda dará sempre bons frutos? O que cada um faz com suas verdades?*

Dessa vez, foi o menino quem perguntou, sem receber respostas nem as cobrar. E continuou: *Olhar diretamente para a luz pode cegar. Para alguns, pode ser mais cômodo viver na escuridão do que acostumar os olhos àquilo que antes não enxergavam.*

Por fim, disse para a mãe que logo chegaria uma multidão da cidade, e ela deveria receber a todos. Instruiu-a sobre o que dizer à turba.

O menino levantou-se, foi até a mãe, ainda sentada à mesa do café, enlaçou-a num abraço apertado, beijou-lhe a testa e lhe disse: *Obrigado, mãe. Por tudo...*

XVII – A multidão

De fora, chegava um vozerio indistinto. A mãe saiu da casa e viu o grande contingente que vinha da cidade. Ela desceu os degraus da varanda e caminhou em direção ao portão. Antes da cerca, havia o tronco seco de uma grande árvore que fora derrubada havia anos. Ela subiu naquele pedestal natural para ser vista e ouvida por todos. E falou.

Meu filho manda avisar que já disse a cada um o que deveria dizer. Que deu a todos que recorreram a ele o que lhe foi solicitado. Cabe a cada um cuidar daquilo que recebeu, visto que apenas concedeu o que lhe foi pedido. A partir de hoje, não irá mais atender ninguém. Todos podem descobrir por si as respostas de que precisam. E devem responsabilizar-se pelo uso que fizerem de tudo que conhecerem.

Frases desencontradas subiram do povo. Queriam ver o menino, falar com ele. *O padre devia fazer algumas perguntas. Nada disso,* disseram outros, *ele nunca fez nada de errado.* E o volume do vozerio crescia, e as vozes se misturavam. A mãe pediu silêncio com um gesto. Solicitou que entrassem na casa o padre, o delegado e um sitiante, de nome Armando, homem por todos respeitado, que sempre defendera o menino. Formariam uma comissão para representar a todos que ali estavam.

Logo vencidas umas poucas resistências, houve a geral concordância: esperariam o resultado da visita dos três antes de tomarem qualquer outra atitude. Deram prazo de vinte minutos.

O trio transpôs o limiar do portão e dirigiu-se à casa, atrás da mãe do menino. Subiram os degraus da varanda e logo entraram na sala. Armando pensou sentir no ambiente um desconhecido e agradável aroma, como um leve perfume de flores. A meia-luz da sala, ainda de janelas fechadas, transmitiu-lhe uma grande sensação de paz. O padre, assim que entrou no cômodo, sentiu embrulhar-se o estômago. Teve uma breve vertigem, achou que fosse desmaiar, mas logo se recompôs, puxando mais profundamente o ar da sala que lhe pareceu excessivamente escura. O delegado apreciou o cheiro de café fresco e percorreu a sala com olhos inquiridores, em busca do menino. Não o encontrou. O menino não estava lá.

Chamou logo a atenção de todos uma folha de papel dobrada sobre a mesa. Instintivamente, foram até ela. O delegado a pegou e abriu, de modo que todos pudessem ler o que estava escrito nela, com um lápis grosso, em letras grandes e bem desenhadas.

Entreolharam-se. Depois, em silêncio, deram meia volta e dirigiram-se ao portão. Despediram-se mudos da mãe do menino, com gestos de cabeça. Foram andando lentamente em direção ao povo que aguardava. O delegado subiu no mesmo tronco de onde antes falara a mãe, mostrou a todos a folha de papel que tinha em mãos e a leu para todos. Depois de um burburinho inicial, a multidão calou-se. E cada um tomou silenciosamente seu rumo de volta para casa.

XVIII - O fim

A mãe sabia que nunca mais veria seu filho. Agora, ela sabia. Depois dos poucos anos de convivência, espremida entre o amor e o medo, sentia agora o vazio terrível da ausência, a dor pungente da falta – e percebia que, ao longo do tempo, seu amor de mãe só tinha crescido na proximidade daquele que lhe saíra das entranhas para lhe dar um tempo de vida completamente fora do normal. Uma proximidade que nunca fora intimidade, pois que sempre os separara a barreira dos receios da mãe ante o incomum. E seu filho se fora sem que ela entendesse tudo, sem que acabasse por conhecer os seus segredos. Mas conhecera, isto sim, a profundidade e a amplitude de seu amor de mãe. Via-se agora oca, perdida num mundo no qual faltava o que lhe ocupara coração e mente nos últimos anos. Por mais que não tivesse conseguido criar uma intimidade comum de mãe e filho com sua criança, acostumara-se a tê-lo sempre por perto, respeitando seus mistérios. Seu respeito em relação ao menino a impedira de fazer perguntas que muito revelassem, mas sempre que tivera necessidade havia pedido a ajuda do filho, de cuja boca nunca deixara de sair um apoio, uma orientação – ele sempre dera a ela a verdade que lhe era pedida, apenas revelando e indicando consequências, sem valoração moral sobre os fatos, mas dizendo claramente o que era cada coisa. E a mãe se acostumara.

Na consideração do vazio interior que sentia, não se preocupava com as questões de sobrevivência. Desde que as pessoas começaram a acorrer ao menino, as doações deixadas por elas haviam garantido uma vida simples, mas digna e sem preocupações materiais. Eles tinham sempre o necessário. Mesmo nas horas mais duras de perseguição – quando muitos daqueles que queriam a verdade, mas temiam a veemência dos perseguidores, preferiam visitas às escondidas, diminuindo as enormes filas –, nunca lhes faltara o indispensável a uma sobrevivência honrada.

No resto daquele dia de despedida, ela andou absorta, de aparência ausente, olhando nuvens, contemplando horizontes enquanto pensava e meditava e ruminava uma saudade recente, mas que sentia como de séculos. Quando olhava para o balanço onde o menino costumava sentar-se para atender o povo, frequentemente seu coração disparava. Às vezes, tinha a impressão de que ele estava ali, mas era apenas a memória acostumada que lhe enganava o olhar.

A tarde fresca ia chegando ao fim, o Sol se punha no horizonte, colorindo as nuvens. A mãe estava sentada na varanda, olhando a linha sinuosa da estradinha que chegava até sua casa, quando avistou um vulto se aproximando devagar, a sombra comprida lhe antecedendo os passos. Contra a luz do poente, e à distância, ela não era capaz de reconhecer o visitante. Entretanto, o andar lento lhe era familiar. À medida que o vulto se aproximava e seus contornos se definiam, seu coração ia acelerando. Quando ela reconheceu o marido, a emoção foi tão forte que a vista turvou-se por uns segundos, o pulsar do coração era tal que parecia querer derrubá-la. Ela respirou fundo, conseguiu levantar-se e, num misto de surpresa, júbilo e raiva, conseguiu apenas balbuciar: *Vo... cê...?*

O homem então se aproximou, esticou o braço direito, tocando-lhe o queixo com a ponta dos dedos e olhando profundamente nos seus olhos. Puxou-a para perto de si e abraçou-a desesperadamente, num abraço tão apertado que a mulher quase perdeu o fôlego. Depois de longos minutos de silêncio, ela o afastou delicadamente, olhou novamente para ele, mediu-o de alto a baixo, constatando que seu marido aparentava boa saúde e estava exatamente igual à última vez em que se viram. Sua roupa estava suja de barro.

– Onde você andou? O que aconteceu?

– Não sei... Acordei na beira do rio. Não sei o que houve.

Acordei e vim para cá, mas achei tudo tão diferente. Lembro apenas que fui convidado para entrar num barco de pesca... E depois acordei na margem do rio... E você? Por que você não está mais barriguda? Cadê o bebê?

Ela não respondeu. Tomou-lhe a mão direita e o conduziu para dentro de casa. Fez com que ele se sentasse, dizendo que ia servir-lhe algo para comer e beber.

Obediente, ele se acomodou no sofá da sala, olhando em volta com indisfarçável estranhamento. Logo seu olhar pousou sobre uma viola pendurada na parede.

– Que viola é aquela? Está tudo tão diferente aqui...

– É a viola deixada por... nosso filho...

Enquanto ela respondia, ele já se havia levantado e tomado a viola nas mãos.

– Nosso filho???

– Sim... Pena que você não saiba tocar... Ela tem um som muito bonito...

Sem dizer nada, ele pendurou a viola no pescoço e começou a tanger suas cordas. Seus dedos rápidos e ágeis tiraram do instrumento uma melodia maravilhosa que a mulher ouvia pela quarta vez na vida. Embora afundada numa tristeza assombrosa pelo desaparecimento do filho, ela sentiu então uma paz imensa tomar-lhe por inteiro o corpo e a alma. ■

TRADICIONAL FAMÍLIA BAIANA

Dezoito horas e trinta minutos, sexta-feira. O expediente encerrado, o prédio se esvaziando. *Vou ser o último a sair hoje*, pensa. Contempla demoradamente seu velho escritório, muito amplo, decorado quase como um antiquário. Aprecia especialmente a cabeça de antílope na parede, animal que ele próprio abatera num safári africano, quando era ainda relativamente jovem e gostava desse tipo de aventura. O antílope viera da África junto com o tapete de pele de tigre, com a enorme cabeça empalhada. Este, entretanto, fora comprado assim, pronto para colocar no chão. Mas quando contava a história do safári, ele incluía o tigre na conta – até mostrava o discreto furo no tapete, por onde teria passado o tiro: "Esse foi mais difícil de matar, tive que dar um tiro certeiro, antes que a fera pulasse sobre mim", costumava mentir, cheio de orgulho.

Passa os olhos devagar pelos móveis, um a um, lembrando-se da história de cada peça. A estante de livros de imbuia maciça que havia pertencido ao avô. A escrivaninha talhada em acaju que arrematara num leilão de antiguidades. O lustre com pingentes de cristal. As duas poltronas de couro de porco. As cadeiras de couro lavrado diante de sua escrivaninha, nas quais se sentava quem ia fazer negócios – ao contrário das visitas mais informais, que ele fazia se acomodarem nas poltronas confortáveis (apesar do ar austero). Os quadros – e o que ele mais valorizava era a pintura a óleo de seu pai, todo engalanado, do tempo em que fora deputado federal pela Bahia.

Pega com gestos solenes a perfumada caixa de madeira onde guarda os charutos. Os melhores charutos Suerdick jamais fabricados, avalia. Já experimentara bons cubanos, mas nunca trairia sua terra adotando hábitos "importados". Sua fidelidade à Bahia era absoluta. Aquele pedaço do mundo, afinal, lhe dera tudo na vida. Sua fortuna fora toda construída a partir do cacau, o ouro baiano de outros tempos. *Bons tempos aqueles...*, sussurra saudoso. Escolhe um dos charutos, segura-o como um gaiteiro faria com sua gaita, fecha os olhos e aproxima-o dos lábios. Lentamente, aspira o perfume achocolatado do fumo, movendo o charuto de um lado a outro sobre o bigode. *Delicioso! Espetacular!* – balbucia.

Toma de seus utensílios dourados para preparar o charuto, cortar-lhe a ponta, acendê-lo. Suga com extremo prazer a fumaça de cheiro forte. Tentando imitar um playboy dos filmes de antanho, brinca de soltar a fumaça esforçando-se por formar argolas, sem sucesso. Só mesmo nos filmes, pensa sorrindo.

Os ruídos do fim de tarde na Cidade Baixa chegam abafados ao seu andar, no alto do prédio mais importante daquela parte de Salvador. Estica o olhar para a janela na parede em frente e vê o mar em todo seu azul, encontrando um céu com nuvens algodoadas. *Lindo!* – exclama baixinho.

Oitenta anos... Não tenho do que reclamar, filosofa. Conseguira alcançar tudo que um homem geralmente ambiciona. Dinheiro, prestígio social, poder. Qual o preço pago? Esforço, muito esforço no começo, um pouco menos depois, e quase nenhum no final. *Tenho a consciência em paz?* – pergunta para si mesmo. Começa a passar a vida a limpo. *Agora é a hora de analisar tudo*, decreta.

A fidelidade que sempre empenhara à Bahia não dera à esposa. Mas como poderia ser diferente? Um homem rico e de prestígio não tem como contentar-se apenas com o leito conjugal. Não havia feito nada contrário à cultura secular da sua classe. Não conseguia ver como "traição" – palavra excessivamente forte – o fato de buscar prazer com outras mulheres que não sua esposa, a quem nunca deixara faltar nada, nem mesmo carinho e atenção, ao menos na medida normal a se esperar de um homem da posição dele. Sempre provera a casa, dera tudo do bom e do melhor à família, educara os filhos nas melhores escolas. *Não, essa palavra, "traição", não tem cabimento...*

Nas atividades empresariais, bem... nada fizera também que não fosse o usual, o costumeiramente aceito. *Sonegar impostos é questão de sobrevivência diante de um Estado usurpador, pródigo em avançar nos bens particulares. É preciso defender-se da tributação de gosto socialista, das exigências excessivas do Estado em relação à classe produtora, motor do Brasil, que dá emprego e salário aos pobres, que impulsiona o progresso do país, que serve de exemplo de evolução para as classes inferiores, necessitadas de modelos de trabalho e sucesso. Essa é a regra na sociedade capitalista, livre, na qual a hierarquia social tem o benéfico efeito de manter a necessária ordem, para o bem de todos.* A argumentação lhe parecia irrefutável.

Vasculhando a memória até fatos mais longínquos do passado, examina as lutas pela terra em tempos de cultivo das áreas cacaueiras. Sim, seus jagunços haviam matado gente, a mando dele – mas tudo em legítima defesa de seu sagrado direito de propriedade. Assim era a lei da terra, e ele nada fizera de errado. Se ele não lutasse para garantir sua porção de terra naquele mundo então selvagem, outros tomariam posse das áreas de ninguém. Naquele fim de mundo, predominava a lei da selva – e ele fora respeitador dessa lei consuetudinária, nunca se excedendo além do que era o costume. Jamais havia torturado ou mandado dar morte lenta aos peões rivais, sempre agira em conformidade com a ética do tempo e do lugar, naquela guerra cujo resultado final fora o desenvolvimento da região. Fora um pioneiro, assim como Colombo, Cabral ou os Sá, explorando a terra e fazendo-a dar os frutos necessários para a transformação da Bahia e do Brasil num lugar respeitável.

Na fruição do prazer que lhe proporciona o charuto de boa qualidade, sente a pontada renitente no peito. Sim, esse câncer diagnosticado, incurável, seguindo seu curso fatal que daria cabo dele. *Oitenta anos bem vividos,* diz em voz alta, *oitenta anos bem vividos...* Não tem do que se queixar. E ainda teria tempo de preparar-se para a morte. Já marcara para a segunda-feira uma conversa com seu advogado – quer elaborar o testamento. No domingo, conversaria com o vigário da sua paróquia para marcar uma confissão geral. Não se considerava um pecador, mas pediria ao padre que lhe desse a benção e, quando estivesse afinal no leito de morte, não deixasse de lhe dar a extrema unção. Recompensaria o vigário com uma boa espórtula.

Esmaga a ponta do charuto no cinzeiro. Pega o velho telefone e disca para a portaria, pedindo para avisarem o motorista que já está descendo. Sai de sua sala, apaga as luzes do escritório vazio, tranca a porta no corredor soturno e silencioso e dirige-se ao elevador. Embaixo, o fiel motorista já o espera na entrada do prédio. Ele entra e vai logo ordenando: "Hoje é sexta-feira. Vamos para o terreiro, que preciso fazer uma oferenda a Exu. Você me espera lá mesmo, que não vou demorar. E liga para a Suzana – diga que vou passar por lá perto das oito e meia, antes de ir pra casa. Que ela se prepare do jeito que eu gosto, que hoje tenho um presentinho especial pra ela." ■

A VISTA DOS PONTOS

1. Ele

Lá vem ela. Como é linda! E hoje está especialmente bonita. Adoro esses longos cabelos ondulados, caindo em bico até quase a cintura. E que elegância! As botas, já que está frio. A blusa de lã estilo "poncho", de gola alta. E a maquiagem discreta. Meu Deus! Como pode existir alguém assim com tanta beleza, charme e elegância juntos!

Pena que a roupa de inverno não deixe aparecer a silhueta dos belos seios: na medida certa, nada de ovo frito, mas também longe de um melão-mole caído. Na medida certa, certíssima! Firmes e empinados. Ela tem uma qualidade rara nas mulheres: não usa sutiã. Sim, porque há dois tipos de mulheres: as que usam sutiã e as que não usam – estas, um degrau acima de todas as outras.

Como sempre, um prato tímido e equilibrado. Folhas verdes, alguns tomates-cereja, um pouquinho de arroz integral, o peixe. Hoje ela se concedeu um pastelzinho – uma fritura, afinal! Deve ser por causa do clima. E, como sempre, as frutas de sobremesa. Deixe-me espiar discretamente... manga... mamão... melão... e abacaxi. Com predominância da manga e do mamão, sabores básicos.

Para acompanhar, o suco. Desta vez, de laranja mesmo. Sem açúcar, claro. São os sacrifícios para manter esse corpinho absolutamente perfeito. Perfeito! Perfeitíssimo! Um sonho...

Bem, só mesmo em sonho posso pensar em uma mulher assim. Claro que ela jamais daria atenção a alguém como eu. Não sou bonito, não sou famoso – e tenho idade para ser seu pai. Ah, essa "fixação na adolescência"... Será que quando eu tiver 80 anos (se é que chego lá...) ainda vou ter a mesma atração por mulheres muito jovens?

Ué?! Quem é esse cara que se sentou à mesa com ela? Nunca o vi por aqui. Ele é jovem, bem-apessoado... Está bem vestido... Tenho que aguçar os ouvidos.

Puxa vida, o cara não a conhece! Está puxando conversa mole! Pelo menos, posso apreciar a voz suave dela. Mais uma perfeição! O timbre, o tom, o volume, a modulação... Eu seria capaz de passar a vida toda ouvindo essa voz. Mas é claro que não teria qualquer chance. Também, que ilusão a minha, achar que uma moça maravilhosa como ela ia ficar ali, dando sopa para sempre... Claro que um dia alguém ia dar em cima, aqui ou em qualquer outro lugar – como deve acontecer com ela sempre, longe da minha vista nesses 15 ou 20 minutos de almoço diário na praça de alimentação de um *shopping center*. Mas o triste é ter que assistir à cena. E se eles começarem a namorar e passarem a almoçar juntos aqui, na minha frente? Ficaria difícil continuar minhas realizações imaginárias: eu me aproximando, puxando conversa, descobrindo que ela aprecia cinema e literatura tanto quanto eu, que ama a cultura mais do que o dinheiro, que gosta de viajar, que lê os mesmos livros, gosta de poesia, ama Paris, prefere o francês ao inglês, a Europa aos Estados Unidos... E gosta de boa música, abomina sertanejo universitário, curte música erudita... E assim vamos conversando, nos conhecendo, nos identificando. Até acabarmos no cinema. E no quarto. À meia luz, calmamente nos despindo, cheio de cuidados e delicadezas, beijos que começam suaves e logo se tornam vorazes – e a noite termina numa mistura de amor e sexo como nunca antes na vida! E vivemos felizes para sempre, num amor eterno e crescente, de identificações e entregas, de paixão e calma, de muita conversa e troca, num sentimento de plenitude, numa vida de alma e corpo, de planos conjuntos, e até de filhos e netos, se assim ela quiser...

Ah, esses sonhos! Eu devia cair na realidade. Parar de viver no mundo da Lua.

Olha só, ela terminou de almoçar e está indo embora, vai deixar o rapaz sozinho. Não trocaram telefones. Não vai dar em nada. Pelo visto, o rapaz não está com essa corda toda que eu imaginei. Ou será que eles combinaram um encontro em outro lugar? Só saberei amanhã, se eles estiverem almoçando juntos aqui outra vez. Estarei aqui. Esperando-a, como sempre. Até que um dia ela desapareça, pare de vir, e então eu não tenha mais nem esse pretexto para sonhar. Bem, talvez já esteja na hora de eu parar de sonhar sonhos inúteis. Mas haverá sonho útil na minha idade?

2. Ela

Lá está ele, como sempre. Parece que está me olhando. Será? Sempre no mesmo lugar. Sempre charmoso, com aqueles cabelos grisalhos que lhe dão um ar tão respeitável! Acho que é professor universitário. Um professor de Literatura Francesa, quem sabe? Com um francês perfeito, amante de Zola, Proust e quem sabe até de Rostand!

Ah, como sou idiota. Por que alguém como ele desejaria alguém como eu? Ele não usa aliança, não se casou. Não parece gay. Será viúvo? Um homem bem-apessoado, bem vestido, sempre com roupas discretas e elegantes. Com o irresistível charme do homem maduro, mas ainda com muito tempo de vida. Certamente alguém com a marca do sucesso. Ele esbanja segurança, parece alguém que não tem medo de nada. Um homem experiente e bem-sucedido! Quantos há como ele disponíveis por aí? Certamente, é uma raridade.

Se eu tivesse coragem, falaria com ele. Mas provavelmente ele me veria como uma jovenzinha idiota e atrevida.

Será que ele gosta de cinema? Será alguém capaz de apreciar um Almodóvar tanto quanto um divertido *blockbuster* de super-heróis ou de ficção científica, sem preconceitos?

Se eu tivesse alguma chance com um homem desses... Gostaria de uma lua de mel em Paris. Com fundo musical de Edith Piaf. Passeando às margens do Sena ao cair do sol. Fazendo amor num hotel com as janelas abertas para a paisagem parisiense...

Ah, ah, acho que sou uma alma velha. Quem hoje tem esses desejos? Se eu contasse a alguém, certamente riria e me chamaria de cafona, saudosista, ultrapassada!

Ai, meu Deus, olha um boyzinho se aproximando! Deve ser mais um desses idiotas infantilizados que me enchem o saco com conversinhas fúteis. Vou ter que cortar logo o papo. Despachar mais um imbecil, enquanto fico sonhando com meu homem inexistente, o meu amor impossível... ■

O DIA DA CAÇA

Pablo contempla a ponta de chifre de touro, polida e torneada. Uma bela peça, realmente, pensa. Tudo que conseguiu na vida foi à custa dos touros. Sua agradável casa em Vigo, de onde pode contemplar o mar azul. As economias que lhe permitem ainda uma vida com certo conforto, apesar da crise por que passam o país e a Europa em geral. A relativa fama, as viagens, as homenagens, os prêmios, o reconhecimento...

Mas as touradas estão definhando, lamenta. Há muita oposição dos "ecologistas", dos defensores de supostos direitos dos animais. Ele não entende. Nasceu numa família ligada às touradas, seus antepassados já viviam dos touros, que são criados para isso. E a própria Bíblia atesta que aos homens é dado o poder sobre os animais. As touradas fazem parte de uma cultura secular. Afinal, somos carnívoros – e ao touro é melhor ser morto numa arena, enfrentando um toureiro, do que ser eliminado com uma humilhante e indefensável pancada na cabeça, como se faz nos frigoríficos. Na arena, ao menos, ele tem a chance de uma morte digna, uma morte com luta.

Ah, como era belo e emocionante entrar na arena lotada! O povo aplaudindo de pé, aquele som inigualável de vozes em multidão aclamando... Chapéus ao vento, as flores lançadas pelo povo... Não há o que se iguale à sensação do toureiro. O sangue quente a pulsar nas têmporas quando os portões são abertos para a entrada do touro, aqueles segundos densos de mútua contemplação entre animal e homem, antes que haja ação e reação... O bufar do touro, o aparente ódio com que olha, babando, antes de lançar-se ao ataque contra o pano vermelho, o pó levantado à sua passagem – nada é comparável à metáfora da vida que se revela naquela nobre encenação.

Mas a tourada que tudo lhe dera muito também lhe arrancara, pensa. Sente saudades da ex-mulher, presente nos dias de glória e agora distante. Recorda as noites de amor nas viagens de trabalho, depois de mais uma vitória. Mas não a censura. Compreende. *Eu talvez fizesse o mesmo na situação dela*, justifica.

Volta a contemplar o pedaço de chifre. *Foi este o chifre fatal*, diz em voz alta, no mesmo instante em que a enfermeira entra no quarto. *Hora do banho, vamos lá?* – avisa ela, já o ajeitando para colocá-lo na cadeira de rodas. ■

JOSÉ ANTÔNIO FERREIRA

A fria manhã curitibana encontra Zeca tomando seu café preto e mordiscando um pedaço de pão amanhecido. A mulher e os três filhos ainda dormem. O café está generosamente adoçado, como ele gosta – "açúcar dá energia", ele pensa. Muita energia lhe será necessária para empurrar ao longo do dia o carrinho com o qual recolhe papéis, latas e outros produtos recicláveis que garantem a sobrevivência da família. A mulher trabalha de diarista, quando consegue serviço, nem sempre fácil em épocas de crise como agora. Quando ela sai, deixa a filha mais velha, de sete anos, responsável pelas crianças menores.

Zeca empurra o carrinho, ganha a rua, rompendo a manhã com a inexorabilidade da luz que começa a ganhar aquela parte do mundo, afastando a noite. No seu percurso pré-determinado, o mesmo de todos os dias, vai colhendo os restos da cidade, às vezes deixados adequadamente separados por alguns poucos que parecem saber da sua existência ("alguém" que passa e recolhe o lixo reciclável), na maior parte dos casos, garimpados no meio do lixo comum. Do raiar do dia até as oito da noite, assim seguirá sua rotina.

Já são nove horas da manhã, e Dr. Ferreira não costuma se atrasar. Às nove horas e trinta, pontualmente, estará no seu escritório, Ferreira & Lopes Advogados Associados, um dos mais prestigiosos da capital. Banho tomado, já vestido com seu impecável terno escuro, ajeita o nó da gravata. Gastará quinze minutos para tomar seu café da manhã, que a empregada deixou primorosamente preparado na mesa da copa: as fatias de torradas no ponto perfeito, o suco de laranja, o leite na temperatura certa, as frutas frescas da estação, a manteiga de boa qualidade, as fatias de queijo e presunto, os *croissants*. Sua esposa já está no salão, depois de deixar na escola a filha do casal.

O dia promete: seu sócio avisou que deverá sair a decisão de uma grande causa tributária, que certamente livrará o cliente – uma multinacional – de pesada multa, o que renderá consideráveis honorários, mais uma cifra milionária a engordar o caixa.

Dr. Ferreira ama o trabalho. Formou-se com distinção em excelente faculdade, começou a advogar com sucesso e logo se inseriu em escritório importante, no qual ficou por alguns anos antes de abrir o seu próprio, em sociedade com um colega de turma. Graças à sua brilhante atuação, conseguiu clientes poderosos e não demorou a fazer fortuna. Não aproveitava muito do seu dinheiro, entretanto, já que seu maior prazer era mesmo o trabalho. Raramente tirava férias, o que a princípio gerou reclamações da esposa, até que entraram num consenso: a esposa poderia viajar quando quisesse, com a filha, para onde desejasse. Ele continuaria trabalhando e as acompanharia pelas redes sociais.

O maior proveito que tirava do dinheiro era sua enorme casa, que ele mesmo mandara construir, projetada por conhecido arquiteto. Uma mansão de catálogo que fazia parte do portfólio de apresentação do profissional que a desenhara. De resto, alguns pequenos prazeres, como poder comprar os melhores uísques. E bebê-los com frequência – uma frequência maior do que a desejada pela esposa, que costumava censurá-lo pelos excessos nos fins de semana (em dias de trabalho, Dr. Ferreira fazia questão de manter-se sempre na linha).

Final de tarde, com o carrinho quase cheio (o dia havia sido bom), Zeca resolve desviar-se do trajeto habitual e, por curiosidade, entrar pelas ruas daquele bairro chique. Alto, magro, com os músculos duros pela labuta diária, negro retinto, Zeca teve pouco sucesso no bairro desconhecido. Casas muradas e gradeadas, lixeiras externas vazias – a coleta da prefeitura já devia ter passado naquele dia. Mas sua presença levantou desconfiança, e logo uma patrulha policial o abordou. Ele já estava acostumado e sabia como portar-se diante dos homens da lei. Quando o PM lhe pediu os documentos, já estava com a cédula de identidade na mão. "Então, senhor José Antônio Ferreira, o que o senhor está fazendo por aqui? Não sabe que o caminhão da prefeitura leva todo o *lixo que não é lixo* do bairro? Não sobra nada pra vocês aqui não." Ao ouvir o policial dizer seu nome, que lera no documento, esboçou um sorriso. Mal se lembrava do seu nome completo, ele mesmo só se reconhecia como Zeca, desde sempre. Enquanto lhe devolvia a cédula, o policial acenou – dizendo um "Boa tarde, Doutor!" – para um homem gordo que trotava suado na calçada oposta, vestindo camiseta, calção e tênis de corrida. E liberou Zeca, recomendando-lhe que evitasse andar por lugares aos quais não estava habituado. Zeca desculpou-se e seguiu caminho. Na saída do bairro chique, a sorte lhe apareceu: um empregado acabava de colocar na rua dois enormes sacos, carregados de latinhas e garrafas "long neck" de cerveja. Foi o que fez transbordar o carrinho, o suficiente para lhe garantir uns trocados extras. "Hoje vai dar pra pegar uma garrafa de cachaça no mercado", pensou Zeca, contente.

Naquele dia, Dr. Ferreira planejou, finalmente, começar a seguir o conselho de seu médico. "Você precisa fazer atividade física, Dr. Ferreira. Não basta a medicação que lhe passei. Dieta adequada e atividade física são fundamentais para que o senhor tenha melhor qualidade de vida. Se o senhor continuar com essa vida sedentária, estará jogando fora anos de vida. Tente fazer pelo menos meia hora de corrida ou caminhada todo dia. Não vai lhe tomar muito tempo e já terá bom efeito", insistira o cardiologista.

Ele decidiu então começar. Mandou que o motorista do escritório levasse o seu carro e trocou-se no local de trabalho: voltaria para casa correndo. E assim fez. Não foi fácil, mas conseguiu, depois de 32 minutos de esforço, entre corrida, trote e caminhada, conforme lhe ia exigindo sucessivamente o cansaço.

Chegando em casa, viu que seu carro estava na garagem, mas não o da esposa. Entrou na suíte para tomar banho e notou que algo estava diferente. No closet da esposa, faltava boa parte das roupas. Sobre a cama, um bilhete: "José, pra mim já deu. Fique com o seu trabalho e o seu uísque. Marina foi comigo. Meu advogado vai entrar em contato." Dr. Ferreira estacou. Foi ao bar da sala e escolheu uma garrafa de uísque ainda lacrada e voltou para o quarto. Abriu-a e bebeu diretamente no gargalo.

Zeca chegou em casa feliz. Deixara no depósito o material colhido no dia, recebendo um pouco mais que o dinheiro habitual. E comprara a garrafa de cachaça, já com um quarto a menos do líquido amarelado quando guardou o carrinho ao lado do barraco. Entrou no seu tugúrio, não sem antes sorver mais um longo gole de aguardente. Foi logo procurando pela mulher: a bebida lhe atiçara a libido. Ela não estava. Nem as crianças. Logo percebeu que faltavam também roupas e objetos pessoais de todos. Saiu esbaforido e bateu palmas diante do barraco ao lado. A vizinha, uma idosa rude de pele carcomida, contou que sua mulher tinha partido com as crianças, trouxas nas costas, garantindo que não voltaria. Reclamou das bebedeiras de Zeca – não suportava mais, dissera.

No dia seguinte, a sala do escritório permaneceu vazia. O carrinho continuou encostado. ■

AMOR ETERNO

Arnaldo abriu a porta do apartamento, acendeu a luz e foi diretamente para a cozinha, carregando as sacolas de compras. Pegou os três belos potes de geleia importada e ajeitou-os com cuidado no armário com portinhas de vidro. Eram mesmo bonitos. Ele não costumava consumir geleias, não porque fosse diabético, mas evitava açúcar – havia casos na família, e seus checapes anuais sempre indicavam um índice de glicose perto do limite máximo recomendável. Prudente, procurava prevenir-se. Lucrécia com certeza gostaria dessas geleias: morango, sua preferida, com os lindos pedaços rubros da fruta pontilhados de sementinhas negras, damasco e amora, três cores fortes e bem distintas.

Assim como o armário de portas de vidro da cozinha, todo o apartamento de Arnaldo era primorosamente ordenado, algo certamente raro para um homem na sua condição. Decorado com sobriedade e bom gosto, tudo parecia em seu devido lugar. Nenhuma desordem, nenhum sinal de sujeira. Um apartamento de três quartos, uma suíte, num bairro tradicional da capital paulista. Ele dormia na suíte. O segundo quarto era destinado aos hóspedes que nunca vinham ou aos filhos que nunca existiram. O terceiro fora transformado numa biblioteca-escritório. Todos os dormitórios eram mobiliados com peças planejadas sob medida, assim como a cozinha. A sala tinha dois ambientes, que ele dividiu em "estar e jantar", o primeiro com um sofá de três lugares e duas poltronas em torno de um tapete espesso sobre o qual repousava uma mesa de centro com três ou quatro livros de arte. No segundo, uma mesa de madeira com oito lugares, rodeada de cadeiras de pau-marfim, todo o conjunto também sobre um grande tapete.

Em consoles ou aparadores encostados em algumas paredes da casa, estavam expostos bibelôs trazidos de suas viagens – sempre que saía de São Paulo, fosse a trabalho ou a passeio, comprava alguma lembrança típica do lugar visitado. Entre os bibelôs, era possível encontrar pelo menos um porta-retratos, às vezes até quatro ou cinco. As fotos eram imagens dele em viagem, ou de seus pais, ou de Lucrécia, a onipresente Lucrécia, sempre retratada com no máximo 19 anos, idade que tinha quando esteve diante de um fotógrafo pela última vez.

Na suíte, entretanto, as fotos de Lucrécia eram diferentes. A parede diante da cama de casal na qual Arnaldo dormia tinha duas fileiras de cinco quadros cada. Eram todos retratos de Lucrécia em formato 20 x 25 cm, enquadrados com a mesma moldura. Estavam dispostas por ordem de idade: cinco anos, dez, 15, 19. Daí em diante, eram imagens digitalmente trabalhadas como projeção de idades futuras com base na fotografia dos 19 anos: 25, 30, 35, 40, 45 e 50 anos. Ao especialista que fazia o trabalho de atualização digital, Arnaldo pedia sempre que trocasse o fundo das fotos, para serem menos semelhantes. A foto de Lucrécia mais "velha", projetada para seus 50 anos, mostrava uma senhora bonita, com um leve sorriso, mas tinha, como todas as imagens digitalmente tratadas, um ar um tanto falso. Para Arnaldo, no entanto, parecia maravilhosamente viva.

Naquela noite, como fazia sempre, olhou demoradamente as fotos diante de sua cama. Deteve-se principalmente na foto dos imaginários 50 anos, cheio de ternura. Por fim, voltou-se para o outro lado da cama de casal e sussurrou: "Boa noite, meu amor, eu te amo..."

Dois dias depois, os bombeiros que entraram no apartamento e o encontraram imóvel sobre a cama, vítima de infarto, perguntaram aos vizinhos que os acompanharam onde estava a senhora Lucrécia, esposa do falecido. "Ele não tinha esposa, morava sozinho", explicou a vizinha do apartamento 42. Seu advogado esclareceu depois que, como ele não tinha herdeiros nem parentes próximos, fizera um testamento deixando tudo "ao parente vivo mais próximo de Lucrécia Ferreira da Silva". Foi uma prima quem herdou os bens do ex-namorado de Lucrécia, falecida num acidente de automóvel aos 19 anos. ■

GAROTAS

Rui se olha de corpo inteiro, nu, no grande espelho do banheiro. "Bem, já tomei banho. Ela vai devolver o troco ou vai me dar um beijo?"

Recapitulava a conversa na memória. Assim que chegasse em casa, escreveria mais um relato para juntar-se aos outros.

A primeira foi Patrícia, ruiva, linda, alta, magra, maravilhosa. A reparar, apenas o tamanho dos seios, muito pequenos, embora os bicos fossem maravilhosos. Na noite em que estiveram juntos, a depilação não estava em dia, aqueles pelinhos eriçados e rascantes incomodavam. Ela era do interior de Minas, tinha duas filhas de dois homens diferentes. O primeiro, um namorado que a engravidou com apenas 15 anos, ficaram juntos alguns meses, mas depois ele escafedeu-se. Ela ficou sozinha com a filha. Quatro anos depois, conheceu um homem feito, começaram a namorar e logo foram morar juntos. Passado menos de um ano, veio a outra filha. E o inferno junto: o homem a tratando mal, cada vez pior, até que chegou à agressão. Foi o suficiente para ela ir embora. E cultivar um ódio mal escondido a todos os homens. Só lhe servem para o dinheiro.

Quando foi para a capital, tentou achar emprego. Até conseguiu alguma coisa. Mas foi seduzida pelo convite de uma amiga (e logo colega): dinheiro rápido e fácil. Ela dizia até ter prazer na cama. Mas jamais se engancharia de novo com alguém, garantiu. "Tive um cliente que começou a me convidar para sair, ir ao cinema, jantar. Cortei logo. Garota de programa não se envolve com cliente. Deus me livre! Já tive o que basta com homem na minha cola. Quero liberdade. Por enquanto, está bom. Ganho bem, sustento minhas filhas, tenho meu apartamento, meu carro." O cliente que quis namorá-la tornou-se amigo. É um empresário. Para os pais distantes, ela mente que tem um bom emprego.

Quando Rui utilizou os serviços de Patrícia, ela estava preocupada, pois a mãe tinha resolvido visitá-la. "O que vou fazer? Dizer que sou modelo seria fácil, mas não colaria – que modelo tem um trabalho com as características do meu? Não dá. Vou aceitar a solução proposta pelo meu amigo: vou dizer que trabalho na empresa dele, e ele confirmará. Se for preciso, até passo por lá, com crachá e tudo..."

Patrícia deixou-lhe boas lembranças. Limpa, cheirosa, preocupada com a própria saúde. E beijava, beijava muito bem. Quando se despediram, ela convidou: "Volte mais vezes!" Ele pensou, mas não respondeu: "Assim como garotas de programa fogem do envolvimento emocional com os homens que procuram seus serviços, um cliente prudente evita repetir as garotas."

A segunda foi Danielle. Era nordestina e estava na cidade de passagem, a convite de uma colega que avisara haver vaga na boate. Um prédio discreto, sem qualquer identificação, num bairro residencial. Frequentada apenas por quem conhecia o estabelecimento, por indicação ou convite, ou por aqueles que acessavam os anúncios das garotas na internet. De Danielle, ele não gostou. "Nas fotos da internet, o corpo parecia bonito. Ao vivo, ela era muito baixinha, e com uma cara que não me agradou – a cara não aparece nas fotos", escreveu ele nas suas anotações. Era muito ignorante, simplória, sem instrução. Não deu papo. Mas contou que já era "profissional" no Ceará, também por convite de uma amiga. "Caiu na vida" porque não gostava de estudar. Terminou apenas o primário. Mas comprou uma bela moto com o dinheiro do seu trabalho. Mora de aluguel na capital e visita a família no interior, arriscando-se de motocicleta nas estradas, sem habilitação. Foi "para o Sul" passar um mês porque o dinheiro é bom, bem mais do que consegue no seu Estado, onde a concorrência é maior, e o cachê é menor. Rui não teve desejo de beijá-la: tinha um hálito nada agradável – era a anotação sublinhada no seu caderninho. Enfim, a experiência não foi das melhores.

Rui lembrou-se então da terceira, Priscila. Nas fotos da internet, corpo escultural – o que se confirmara ao vivo. Tinha cabelos negros longos, alisados com chapinha e meio queimados. Mas era muito limpa e cheirosa. Realmente, uma perfeita modelo, exceto pela altura – devia ter mais ou menos 1,60. E estava inteiramente depilada. Logo de cara, recusara beijá-lo. Foi a primeira vez que ele comprovou o que considerava "lenda": "puta não beija" – ainda mais depois dos beijos fogosos e com gosto de hortelã de Patrícia. Não adiantou insistir: ela virava o rosto a cada tentativa ou, quando não havia jeito, fechava a boca firmemente, puxando os lábios para dentro. Assim como não fluíram os beijos, também não a conversa. O fechamento era total. Só disse o trivial: que queria fazer faculdade e um dia sair "daquela vida". Rui então resolveu trocar de tática. Em vez de tentar fazê-la falar, procurou agradá-la e elogiá-la. Disse que sempre se lembraria daquela maravilhosa mulher, com "M" maiúsculo, que havia conhecido. A tática não rendeu frutos, a não ser uma declaração da garota que o deixou perplexo: "Homens como você nos partem ao meio. Não somos acostumadas a sermos tratadas com carinho e atenção." Terminado seu tempo, Rui foi tomar banho, não sem antes pagar pelo serviço. Como não tinha dinheiro trocado, entregou as notas a Priscila e propôs: "Depois do banho, quero meu troco – ou meus beijos."

Ele repassava tudo na cabeça, para não se esquecer de nada quando chegasse em casa. Estava absorto, já enxuto, olhando-se no espelho ("Não sou nenhum atleta, mas não dá pra ter repulsa desse corpinho", pensou com um sorriso) quando Priscila, já totalmente vestida, abriu a porta e estendeu-lhe duas notas: "Aqui está o seu troco." ■

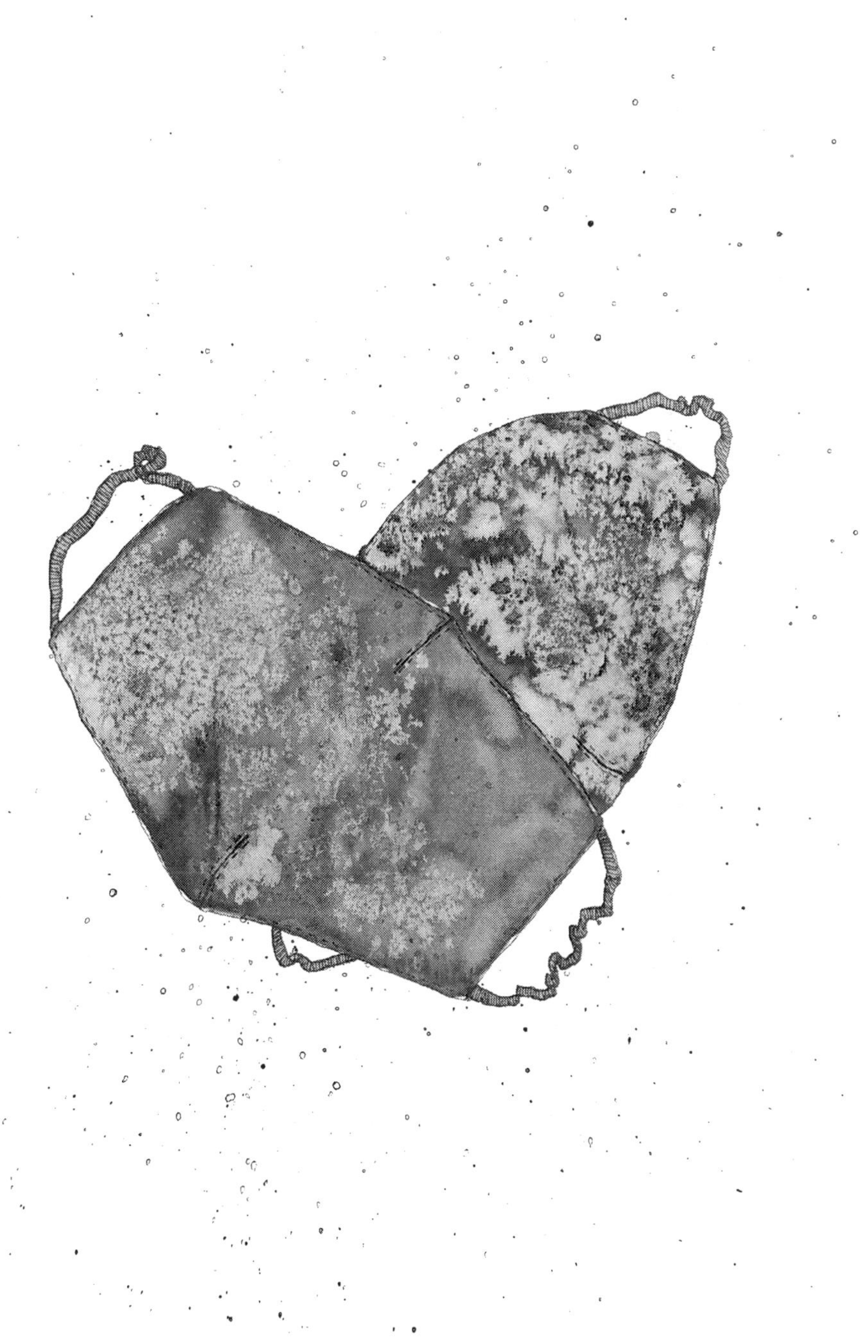

PANDEMIA DO AMOR

No início, sua principal preocupação foi a sobrevivência. Não que ele fizesse parte de algum grupo de risco determinado ou tivesse algum problema de saúde, longe disso – tinha 42 anos e hábitos saudáveis. Não era nenhum atleta, mas vencia o sedentarismo caminhando cerca de 25 minutos até o trabalho, na ida e na volta, o que dava quase uma hora de caminhada diária. Não era dado a excessos alimentares, não fumava, não costumava beber exageradamente. Mas sempre teve pavor à ideia de uma doença misteriosa que se alastrasse pelo mundo. Para ele, a noção que fazia sobre o fim da humanidade era esta: seríamos vencidos por um micróbio.

Quando a empresa decidiu adotar o teletrabalho, ficou seguro de que poderia precaver-se contra a contaminação do vírus, mas a preocupação com a sobrevivência mudou de foco: passou a ser o medo de perder o emprego. Por isso, acabava trabalhando muito e por mais tempo do que se estivesse no escritório.

Com o passar dos dias, começou a ser tomado pelo tédio. Não estava mais caminhando, comia o que conseguia cozinhar com os produtos comprados por telefone, aplicativo ou internet. Nunca fora um grande cozinheiro, mas era capaz de se virar com o básico – e o básico implicava repetição de cardápios.

Terminado o expediente, ia para a varanda do seu apartamento num prédio moderno em uma ruazinha sem saída – a tão sonhada tranquilidade, que vislumbrou quando comprou sua casa própria, agora era mais um fator de tédio.

Uma tarde, entretanto, quando ia para o seu ritual na varanda, ouviu um barulho diferente, bem característico. O rolar de pequenas rodas no asfalto, os golpes na madeira, o arrastar da prancha num corrimão. Para sua surpresa, viu uma moça de uns 17 anos, muito alta, forte, com capacete, joelheiras, cotoveleiras. Parecia ter grande domínio do skate. Ele ficou observando as manobras enquanto tomava seu suco de laranja acompanhado de uns petiscos.

No dia seguinte, no mesmo horário, lá estava a menina de novo. E assim começou a acontecer cotidianamente. Desde então, seus dias passaram a ter um novo objetivo: aguardar a hora de admirar a bela menina fazendo manobras.

Quando tomou coragem, fez um comentário, falando alto a partir da varanda: "Você manda bem, hem!" Ela respondeu com um sorrisinho tímido e um levantar de ombros.

Os dias monótonos e sempre iguais eram preenchidos pela ansiosa espera da hora em que ele veria a maravilhosa jovem. Pouco a pouco, na mesma medida em que ele foi tomando coragem de variar seus comentários, ela também foi se tornando mais receptiva. Até o ponto em que ficavam conversando, ele da sua varanda, ela da rua. Um dia, surgiu a inusitada declaração: "Por você, sou capaz de romper a quarentena!" Ela sorriu e respondeu: "Então, desça aqui! Afinal, parece que só nós dois estamos vivos nesta rua..."

As conversas tornaram-se então mais próximas, mais longas, mais frequentes.

Ele ficou sabendo que a menina tinha sido adotada por um casal já em idade madura (e agora, de idosos). Depois de tentarem engravidar usando vários métodos, sem sucesso, decidiram que deviam dar um lar a quem não tinha. Pegaram a menina recém-nascida. Ela os amava, claro, mas naqueles dias de isolamento social não conseguia ficar só dentro de casa. Por isso, descia todos os dias para praticar skate. E eles concordavam, já que a rua era tranquila, quase deserta, sem movimento em tempos de pandemia, e seria bom para a filha fazer algum exercício e sentir-se um pouco ao ar livre.

Quando o número de infectados chegava a um ponto alarmante, aconteceu: seus pais contraíram a doença. Embora não carregassem comorbidades, a idade avançada era fator de risco. Com os hospitais lotados, não conseguiram vaga e tiveram que fazer o tratamento possível em casa. A filha desdobrou-se em cuidados, já acompanhada do inseparável namorado, mas não foi o suficiente.

O sepultamento foi rápido, em caixões lacrados, contando apenas com o testemunho da filha e do namorado. Os dois filhos únicos órfãos passaram a dividir os apartamentos da mesma rua. Em meio à tristeza da perda, tinham o consolo de fazer planos para sua nova vida em comum.

Até que veio a segunda onda da pandemia, com as novas mutações do vírus, de propagação mais rápida. Não houve tempo.

Ainda hoje, na cidade com população diminuída à metade, o túmulo onde jazem os dois, juntos – último luxo que herdaram dos pais da moça – é ponto de visita frequente. Mesmo com as regras permanentes de afastamento que limita o número de ingressantes no cemitério, como acontece hoje com todos os locais de frequência pública, mais de uma década depois da morte do jovem casal, é difícil encontrar alguém que nunca tenha passado pela mais famosa tumba da cidade, onde jazem os corpos unidos pela persistente pandemia.

Difunde-se a história da ida de ambos ao hospital de campanha, onde ela ficava na maca, e ele, deitado num lençol ao lado, irredutível, recusava-se a sair de perto daquela que lhe dera a conhecer o amor e o presenteara com a morte. ■

BONECA

Alfredo encostou o carro – uma Blazer com vidros enegrecidos com película – na Praça Ouvidor Pardinho, Rua Getúlio Vargas. Lá estava a boneca de corpo escultural (literalmente, pois esculpido a golpes de bisturi em inúmeras cirurgias plásticas). Os seios à mostra na camisa aberta, o "instrumento de trabalho" também exposto. Ele chamou. Era a escolhida de sempre, ele já conhecia. A história era verdadeira: gente de classe média-alta, foi expulsa de casa e rejeitada pela família por causa da "anormalidade sexual". Gostava de homens, sempre gostou. Começou a se travestir e a mudar seu corpo, não conseguiu levar os estudos adiante, teve que se virar para sobreviver. Logo "caiu na vida". Espera ansiosa pela morte do pai para requerer a herança na Justiça. Mas o pai é novo e bem de saúde, acredita que a espera será longa. Enquanto isso, acha que vive até relativamente bem: mora de aluguel, tem um carro popular financiando, paga as próprias contas. E, o mais importante para o freguês, cuida da saúde: exames frequentes, camisinha sempre. "Não sou promíscua" – costuma dizer-lhe rindo. "Sou profissional. Por isso, me cuido, malho, faço dieta, evito as drogas. E saúde é o mais importante, não dou chance pro azar!"

Alfredo chegou a pensar em pedir-lhe exclusividade, custear-lhe a vida. Mas desistiu por achar que seria dar muita bandeira. Era preciso ser discreto.

"Oi! Já estava sentindo sua falta, meu bem! Vamos lá?" – a boneca o saudou e foi logo entrando no carro. Sentou-se, afivelou o cinto de segurança e logo estendeu a mão para acariciar o pênis de Alfredo: "Está durinho meu brinquedinho, hem?"

"Pra você, está sempre", respondeu, "mas espero que o seu esteja mais – bem duro, porque grande eu sei que é, maior que o meu..."

Kelly – era esse seu nome de guerra – foi tentando conversar futilidades, que ele respondia mecanicamente com monossílabos. Hoje, estava pensativo. Era um daqueles dias em que um discreto peso de consciência o atacava. "Não estou fazendo nada de errado", racionalizava. "Sou bom marido, bom pai, nada falta a minha mulher e a minhas filhas, nem minha presença e atenção. Mas sexo é sexo. É natural do ser humano, assim como é natural enjoar do papai-e-mamãe de sempre. Não, não sou gay. Não sinto atração por homens, de modo algum. Esta aqui é a Kelly, não é um homem – eu jamais transaria com um homem. Ah, sim, gosto de ser passivo também. Por que não? O ânus é uma zona altamente erógena, em homens e mulheres. Se não fosse, não existiriam gays, e mulher nenhuma gostaria de sexo anal. Uma bobagem. Afinal, trata-se apenas de uma fricção que propicia prazer. É o contato da pele, o atrito, que provoca sensações conduzidas pelos terminais nervosos. O prazer do tato, assim como o do paladar com comidas saborosas, do olfato com perfumes agradáveis, da audição com a boa música, da visão com as belas imagens... Não tem nada a ver com o amor que tenho por minha mulher e minhas filhas. É como tomar uma cerveja com os amigos, ou bater bola com eles no final de semana. Apenas um prazer a mais. Um grande prazer, uma válvula de escape nesta vida estressante, corrida, competitiva" (e riu dos clichês que lhe vieram à cabeça, convencendo-se de que tanto mais certo estava quanto mais cheios de clichês eram seus pensamentos).

"Chegamos, meu bem, olha o motel ali, não vai passar da entrada como daquela vez" – e Kelly riu da lembrança, Alfredo um pouco alterado pela bebida, nervoso na primeira vez deles.

Na portaria, ele escolheu a melhor suíte. "Hoje, quero uma noite especial", disse para Kelly. "Eu também", pensou ela, sem dizer. Assim que entraram, Alfredo foi logo em busca da garrafa de vinho que costumava abrir sempre. Serviu as duas taças, brindaram. "Tire minha roupa. Vamos tomar um banho gostoso, e depois você me faz uma massagem especial", pediu ele. "Claro, meu bem", respondeu Kelly, já obedecendo. Assim que Alfredo, de banho tomado, deitou-se nu de bruços sobre a enorme cama redonda, Kelly ajoelhou-se sobre ele, as pernas abertas ao lado do seu corpo. Derramou-lhe nas costas um óleo aromático e começou a massageá-lo. Como sempre, obedeceu a todos seus desejos. Kelly realmente sentia prazer com ele. Nessa noite, Alfredo fez um pedido inusitado: "Hoje eu quero sem camisinha, meu bem. Sem camisinha, OK?" Kelly perguntou se ele tinha certeza de que queria isso mesmo. E advertiu que, nesse caso, o programa sairia mais caro – o dobro do normal. "Não importa. Hoje, quero sem camisinha", decretou Alfredo. "Quero sentir sua pele", justificou. E assim fizeram.

Quarenta minutos depois, Alfredo jazia satisfeito e adormecido.

Antes que Alfredo acordasse, finalmente livre dos efeitos do sonífero colocado no vinho, já no dia seguinte, Mário da

Costa (aliás, Kelly) estava em São Paulo, numa comunidade terapêutica que aceitara acolhê-lo para tratamento. "O coquetel é gratuito, fornecido regularmente pelo governo. E você terá todo apoio psicológico", garantira o colega que lhe conseguiu a vaga.

Alfredo nunca mais viu Kelly, nem sua Blazer. E não recuperou o dinheiro perdido. A vergonha o impediu de levar adiante qualquer denúncia – apenas conseguiu cancelar os cartões de crédito e sustar os cheques não descontados. Jamais deu qualquer explicação à esposa. Suas filhas revezam-se para visitá-lo semanalmente no hospital. ■

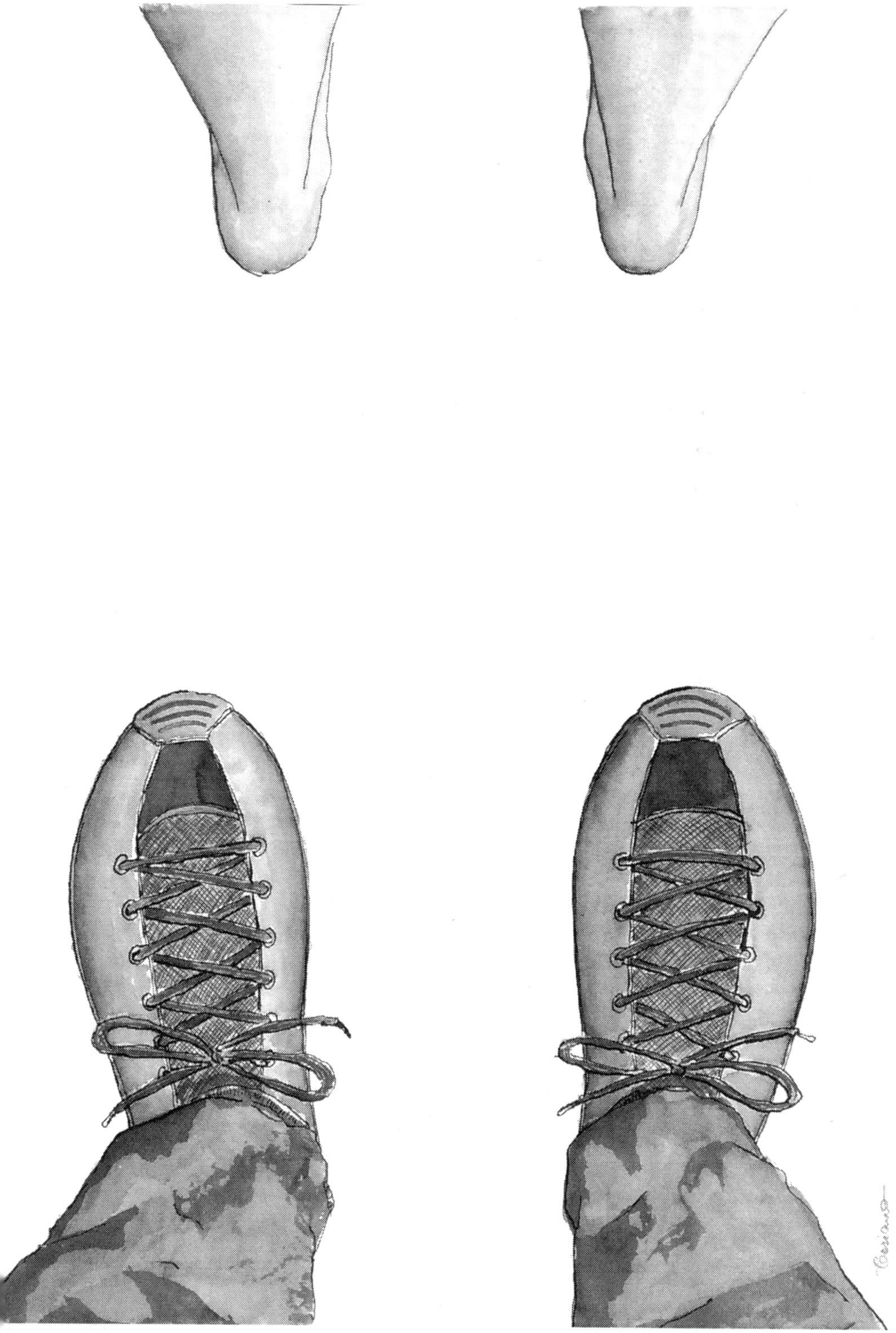

APOSENTADORIA

Ninguém sentiu sua falta no colégio. Ele era dessas pessoas invisíveis: o zelador do banheiro masculino. Ficava ali, na entrada, limpando de vez em quando, vigiando para que não houvesse bagunça. Alguns alunos, por brincadeira, entravam nos boxes dos sanitários, trancavam a porta por dentro e saiam pelo espaço sob a porta, que não ia até o chão. Assim, deixavam todas as portas trancadas, para desespero dos que chegavam "apurados". Nada deixava o zelador mais irado que essa traquinagem. Ele era obrigado a abrir as portas por fora uma a uma, com certa dificuldade. Para que a travessura não se tornasse frequente, costumava postar-se na entrada do banheiro, vigiando os meninos. Vigiando. E guardando seu segredo.

Já estava perto dos sessenta anos quando se aposentou, mas aparentava ser mais velho, graças a sua vida sofrida de trabalhador rural que migrou para a cidade e viveu de subempregos. Todos seus cabelos haviam perdido a cor. Casara, tivera filhos e netos. Em casa, era o avô, pai e marido discreto, cumpridor de suas obrigações, sem nunca transpor os limites da mediocridade, nem para cima, nem para baixo.

Sentado na varanda da velha casa de madeira na periferia de Curitiba, tinha saudades do seu ofício de zelador. Lembrava os dias duros na roça. Recordando, sentia renovar-se o mesmo amargor no estômago que experimentara quando ouviu, certa vez, adolescente, ao passar sob uma janela da casa, os pais comentando como ele era "esquisito", retraído, diferente dos irmãos. "Sei não... Tem alguma coisa diferente nele..." – ouviu o pai dizer.

Ele realmente se sentia um estranho, mas nunca comentara nada com ninguém e sempre havia procurado disfarçar ao máximo sua "diferença". Incomodado com o desconforto psicológico do ambiente familiar, mudou-se muito jovem para a cidade grande para tentar a sorte. Foi servente de pedreiro, auxiliar de serviços gerais, faxineiro, porteiro, vigia – e nessa função acabou ingressando no colégio para filhos da classe alta.

Ali, podia ter sua "dupla personalidade". Vigiava tranquila e discretamente os pintinhos dos garotos. Aliviava-se no banheiro. Nunca ninguém fez qualquer reparo ao seu trabalho. Jamais deixou um pretexto sequer para a mínima queixa.

Agora, gostava de apreciar seus netinhos. Sempre discreto. Jamais havia feito nada de errado, nem jamais faria. Morreria com o seu segredo. ■

O FILHO SEM PAI

Da sacada de seu apartamento, ele observava a cidade de Salamanca. O belo e melancólico pôr do sol daquele domingo o deixou ainda mais deprimido que de costume nesse que sempre fora para ele o pior período da semana. Seus olhos contemplavam a paisagem, mas seus pensamentos iam longe. Pensava na sua vida errática. Em tudo que deixara para trás, nas incríveis aventuras por que passara, nos tantos recomeços até chegar na paz modorrenta daquele domingo de outono. Ele tinha um lar – pequeno, mas confortável. Uma empresa que lhe dava o suficiente para viver bem a cada mês. E uma família: a esposa Clara, que parecia realmente amá-lo, e a filha Sílvia, adolescente, exuberante nos seus 14 anos, com inteligência e cultura pouco comuns para sua idade.

Mas o presente não apaga o passado. "Somos feitos do nosso passado, o que fomos é parte constitutiva do que somos", filosofava. Aproximando-se dos 63 anos, nunca antes havia sentido tanto o peso da culpa. Talvez fosse a estabilidade. A felicidade pequeno-burguesa. Quando se alcança uma meta tão sonhada, tão meticulosamente planejada e tão arduamente trabalhada, perde-se o gosto. "É difícil perceber que o sentido é o caminho, não a meta", pensou.

Com o coração apertado, lembrou-se nos mínimos detalhes da vida que havia deixado. Artur Casillas reviu passo a passo seus últimos atos no Brasil, sua saída de cena. E perguntou-se algo que por muitos anos sempre evitara: como sua mulher e seu filho teriam vivido aqueles dias que seu egoísmo lhes havia lançado como destino?

* * *

Mariana começou a ficar realmente preocupada quando o atraso já era realmente grande. Antônio nunca havia se atrasado tanto. Se acontecia de ter que chegar mais tarde em casa, ele sempre telefonava, fosse do próprio gabinete da coordenação do curso de Letras, fosse de algum telefone público perto de onde estivesse, caso houvesse saído depois das aulas na universidade, por alguma razão – passar rapidamente na festa de aniversário de um colega ou, mais raramente, juntar-se aos amigos para ver um jogo de futebol do seu time na TV, ou, num certo curto período, jogar pôquer, lazer que o enfastiou em poucos meses. Mas eram ocasiões pouco frequentes. Dessa vez, nenhum aviso, e já era quase uma hora da manhã. Ninguém atendia ao telefone do departamento – obviamente, todos já tinham ido embora, era ridícula sua tentativa de falar com alguém da universidade a essa hora.

Já aflita, resolveu telefonar para o professor Marcelo, seu grande companheiro de universidade. Acordou-o, e ele foi solícito. "O Antônio não apareceu na universidade hoje. Ontem, ele disse que parecia estar pegando uma gripe, achei que ele tivesse ficado doente. Hoje ele só tinha aulas de manhã, mas não apareceu, os estudantes foram dispensados. À noite, tinha apenas orientações de alguns alunos que estão preparando o trabalho de conclusão de curso. Mas ele não apareceu... Olha, Mariana, se precisar de alguma coisa, me avise. Mantenha-me informado, por favor."

E assim começou para ela aquela triste noite, a mais triste de sua vida. A noite em que seu marido desapareceu. Foram vários telefonemas, para todos os conhecidos possíveis. Ninguém sabia de nada, ninguém o tinha visto. No dia seguinte, a ida à polícia. A total falta de notícias. A aflição enorme do filho adolescente, Rafael...

Naquela manhã, Antônio havia saído na hora de costume, bem cedo, para a aula do primeiro horário. Sua tarde era livre, mas ele costumava, às sextas-feiras, ficar pela universidade, trabalhando em alguma pesquisa, lendo. Eventualmente, ia a uma livraria próxima da universidade. Às vezes, passava pela Biblioteca Pública ou ia gastar algumas horas no Clube de Xadrez. Depois, voltava para as atividades da noite. Naquele dia, ninguém o viu, nem na universidade, nem na livraria, na biblioteca ou no clube. Ninguém. A única pessoa que se lembrou de haver cruzado com ele na manhã daquela sexta-feira foi um vizinho, quando Antônio saía de carro da garagem do prédio. Ninguém mais...

* * *

Desde adolescente, Antônio tivera sonhos de grandeza. Queria ser ator de cinema, ganhar o mundo, conhecer todos os países, encontrar gente de todo lugar. Sonhava também escrever, publicar importantes e premiados romances que o colocariam no panteão dos grandes literatos brasileiros. Mas a vida não costuma ser muito receptiva aos desejos de quem se compraz mais com os sonhos do que com a realização deles. O máximo que seu gosto pela literatura lhe rendeu fora o cargo de professor do Departamento de Letras da Universidade

Federal do Paraná. O ideal frustrado, entretanto, a certa altura, encheu-o de tal amargura que o fez abominar a vida que considerava medíocre. Um jovem e bem remunerado professor de universidade pública, condenado a aposentar-se depois de ver desfilar diante de si um sem-número de alunos normalmente desinteressados, incultos e preguiçosos. Vivendo com uma esposa sem nada de muito relevante. Uma inteligência comum, uma beleza comum. Mulher que lhe deu um filho com o qual não sentia muita identificação, criança que não indicava ter gostos e interesses semelhantes aos seus.

Foi então que conheceu, nas noites de pôquer, o paraguaio. Homem de passagem por Curitiba, amigo de um amigo seu, pelo qual teve imediata simpatia, sentimento correspondido. Logo soube que o paraguaio era contrabandista, metido com organizações criminosas respeitadas no mundo da ilicitude. O paraguaio foi fundamental para o seu plano.

Durante anos, Antônio alimentou o desejo secreto de mudar de vida. Em horas de maior desgosto, chegou a pensar em suicídio, mas quando essa ideia lhe veio mais forte, ocorreu-lhe que melhor seria morrer para nascer de novo. Virar, literalmente, outra pessoa. E foi a partir de então que começou a traçar minuciosamente seu projeto.

* * *

No carro com o tanque cheio, Antônio saiu rápido de casa. Em vez de tomar o rumo da universidade, como de costume, foi para um terreno baldio e trocou as placas do automóvel. Vestiu outra roupa, ajeitou cuidadosamente a barba e o bigode postiços, pôs os óculos escuros e o boné. Seguiu então para a estrada, rumo a Foz do Iguaçu, dirigindo o mais rápido possível e parando apenas para abastecer com os galões que havia deixado cheios no porta-malas. Escondido sob o banco, todo o dinheiro que havia economizado duramente ao longo de anos, quantia suficiente, pensava, para começar a nova vida.

No local combinado, perto da fronteira, entregou ao paraguaio o carro e uma quantia de dinheiro previamente combinada. Recebeu documentos novos e uma função subalterna na organização. A necessidade de estar sempre alerta para sobreviver naquele submundo acabou sendo o remédio que ele precisava para afogar qualquer sentimento de culpa. As emoções sobressaltadas do dia a dia do crime não lhe deixavam no espírito margem para olhar para trás e lamentar-se: manter a dureza de alma e até certo cinismo era questão de vida ou morte. Dedicação, obediência, coragem e inteligência o fizeram subir rapidamente. Tornou-se Angel Dias, respeitado nos círculos do crime, conhecido como "El Misterioso", porque raramente se deixava ver.

Por quase uma década, ele viveu aventuras suficientes para fartar-lhe os antigos desejos de ser outra pessoa. Durante todo esse tempo, dedicou-se de corpo e alma às suas atividades altamente arriscadas e igualmente lucrativas. A certo ponto, sentiu que era chegada a hora de um novo passo, cujos traços ele já antevira nos tempos em que havia arquitetado seu plano de fuga, mas sem jamais haver planejado minuciosamente como fizera na sua primeira mudança essencial. Tendo já conseguido reunir algum dinheiro em uma discreta conta-corrente num paraíso fiscal, avaliou que tinha o suficiente para uma nova virada. Assumiria sua terceira identidade, que esperava definitiva.

Chegou na Espanha com o nome de Artur Casillas. Estabeleceu-se em Salamanca como empresário do ramo de informática. Comprou um apartamento, montou sua loja, contratou alguns funcionários. Teve êxito rápido, porque soube escolher seus parceiros de trabalho e tinha adquirido muito tino para negócios – dessa vez, lícitos, embora a origem de seu capital não o fosse.

Aquele homem maduro, simpático e bem-sucedido, embora sempre bastante discreto, não demorou a conquistar respeito e amizades na comunidade local. Acabou conhecendo Clara. Apaixonaram-se e logo se casaram. Para Clara, ele era um paraguaio sem irmãos, cujos pais haviam morrido fazia tempo. E desde o começo ele deixou claro para ela que não gostava de falar do passado, que se ficassem juntos não se preocupariam com o que havia ficado para trás na vida de cada um. Clara, mulher que passara recentemente dos 30 anos e já tivera a experiência de um casamento anterior que pouco havia durado, mas deixara muitas amarguras, não apenas concordou com o pacto, mas ficou feliz com ele. Amaram-se verdadeiramente, construíram uma nova vida juntos, tiveram uma filha e viviam uma felicidade comum, embora Clara, nos últimos tempos, estranhasse o fato de seu marido de repente dar-se a andar alguns períodos um tanto sorumbático, silencioso e contemplativo. Nunca lhe perguntou por quê – preferia cobri-lo de carinhos e cuidados, o que funcionava para trazê-lo de volta ao mundo familiar.

* * *

Nos tempos em que viveu no Paraguai, Artur jamais

cedeu à tentação de procurar informações sobre sua família. Considerava tal atitude como parte fundamental do seu plano tão detalhadamente construído. Durante os primeiros meses, manteve-se longe dos meios de comunicação. Evitava o noticiário jornalístico, por qualquer meio que fosse. Nas poucas ocasiões em que lhe chegou, ocasionalmente, alguma referência (na TV, no rádio, no jornal, na internet) sobre um professor brasileiro desaparecido, fez todo o esforço para fugir da notícia como um santo devoto fugiria da tentação carnal.

Na Espanha, entretanto, já casado, estabelecido em sua terceira vida, com esposa e filha, resolveu encarar o risco de informar-se sobre o filho de Antônio Souza Fernandes, o professor brasileiro que desaparecera misteriosamente de Curitiba havia anos. Evitou as notícias sobre os desdobramentos do desaparecimento do professor, mas descobriu que seu filho era o célebre escritor Rafael Fernandes, jovem talento que, sem embargo da pouca idade, já havia amealhado alguns dos principais prêmios literários em língua portuguesa. E sua obra-prima, que a crítica havia elogiado fartamente, fora traduzida para vários idiomas, inclusive o espanhol. A obra vinha recebendo muitos comentários favoráveis nos meios literários e suscitara uma enorme legião de fãs em muitos países. Corriam notícias de que um estúdio de Hollywood logo compraria os direitos do livro para transformá-lo num filme com o mesmo título: "O filho sem pai".

* * *

Naquele dia, Artur soubera que seu filho estaria em Madrid em poucos dias. Rafael era uma das estrelas de um grande evento literário. O noticiário informava que o jovem escritor brasileiro, autor da comovente obra "O filho sem pai", faria uma palestra e autografaria seu livro, muito bem vendido no mercado hispânico. Em princípio, quando viu a notícia na internet, Artur vacilou: ir ou não ir? Mas acabou decidindo que não perderia a oportunidade de ver e ouvir seu filho depois de tantos anos. "Ficarei no fundo, discreto" – convenceu-se. No horário marcado para o início da palestra, lá estava ele, pontualmente, num canto do auditório, o mais distante possível do palco. Seu coração parecia não se acomodar no peito. Sentia um impulso elétrico subir e descer pela espinha. Os lábios tremiam. Quando seu filho subiu ao tablado, faltou-lhe o ar. Artur respirou fundo, fechou os olhos, procurou acalmar-se.

Mi vida es marcada por una ausencia... começou o escritor, após as apresentações de praxe, expressando-se num espanhol perfeitamente compreensível para a plateia. Apenas ouvidas essas primeiras palavras, foi impossível a Artur segurar as lágrimas. Precisou esforçar-se para não chorar convulsivamente. Levou o lenço ao rosto, cobrindo dos olhos à boca. Violentou-se na contenção dos soluços, disfarçou o quanto pôde. Ouviu a palestra, de 20 minutos, com uma expressão falsamente atenta, porque em verdade seus pensamentos ziguezagueavam freneticamente do passado ao presente, misturando lembranças antigas com as emoções do momento. Lembrou-se da infância do filho que, agora sentia claramente, tanto amara. Em turbilhão, saltaram-lhe mil fatos da memória. Recordou uma brincadeira familiar que dormia esquecida no fundo da alma: certa vez, quando o filho preenchia os dados para ingressar numa rede social na internet, auxiliado pelo pai, e ambos acompanhados à distância pela mãe, a tela lhe pediu que escolhesse uma entre várias "perguntas de segurança". A primeira da lista era: "Qual o nome do seu primeiro animal de estimação?" Ambos riram, porque, graças à invencível alergia da mãe, a família nunca tivera qualquer bicho em casa. O pai então sugeriu: "Ponha aí: Hipoalergênico! Se tivéssemos um gato, esse teria que ser seu nome – e sua característica principal!" Riram todos, juntos, uma deliciosa gargalhada em família. Pequenos fatos como esse e tantos outros inundaram-lhe a lembrança, parecendo infinitamente significativos, símbolos de uma felicidade para sempre deixada em outro tempo.

Após a fala inicial do palestrante, o coordenador da mesa abriu espaço para debate. Na entrada do auditório, haviam sido distribuídos previamente cartões para as perguntas, que deveriam ser encaminhadas à mesa por escrito. Durante mais 32 minutos, seu filho respondeu, entre as muitas que chegaram, as questões que os organizadores selecionaram depois de dividi-las por semelhança temática para que fosse escolhida uma de cada grupo. O tempo restrito permitiu a leitura de sete perguntas, respondidas com cuidado e emoção pelo premiado escritor, cuja fala era recebida com entusiasmo pelos presentes.

Seguiu-se então o ritual dos autógrafos: o autor dirigiu-se a uma mesa colocada ao rés do chão, no espaçoso hall de entrada do auditório. Uma enorme fila logo se formou – os fãs com o livro em mãos esperando a honra de individualizar seus exemplares com a assinatura do autor e, talvez, alguma palavra gentil. Suando frio, Artur colocou-se entre eles. O grande número de leitores não permitia uma atenção mais demorada do palestrante a cada um. Ele apenas abria o livro, após cumprimentar o solicitante com um sorriso, e escrevia sempre a mesma dedicatória: "Com amor..." e assinava, colocando também local e data. Aqueles que pediam a inclusão do próprio nome na dedicatória eram atendidos, assim como os que desejavam uma foto com o brasileiro – tudo muito rapidamente, em respeito aos que esperavam a vez.

Artur recebeu em silêncio seu autógrafo. Pegou o livro assinado e logo cedeu a vez aos próximos da fila, um casal de meia-idade que pediu uma foto, o filho do casal já de máquina fotográfica preparada. O escritor levantou-se então para a foto antes de escrever a dedicatória ao casal. Em meio ao burburinho, Artur, caminhando em direção à saída, aproximou-se do filho e, passando por ele, que estava entretido em posicionar-se para a foto, tocou-lhe levemente o braço e sussurrou: *Nunca he dejado de amarte...* O jovem autor respondeu mecanicamente com um *Gracias* e um sorriso, mais preocupado que estava em atender logo os pacientes fãs da longa fila, embora por um átimo lhe tenha passado pela mente a ideia: "Que fãs apaixonados, esses espanhóis..."

Terminada a cansativa cerimônia, os organizadores o levaram para jantar – tarefa cumprida rapidamente, pois os espanhóis percebiam o natural cansaço do ilustre convidado. Ao deixá-lo no hotel, o coordenador da mesa lembrou-se de entregar-lhe, como lembrança, os cartões com as perguntas, já que o tempo limitado não permitira a leitura da maior parte delas. O escritor agradeceu toda a gentileza dos anfitriões e apressou-se em subir ao seu quarto para tomar um banho e descansar o mais cedo possível.

Deitou-se, pronto para dormir, o quarto iluminado apenas por luz fraca de um abajur aceso na mesa de cabeceira. Ia apagar a luz quando se lembrou dos cartões. A curiosidade o impulsionou a ao menos passar os olhos por eles. Levantou-se, procurou no paletó, pendurado numa cadeira, o bolso onde os havia colocado e pegou o maço com dezenas de cartões. Foi passando um a um, um tanto distraidamente, quase vencido pelo cansaço. De repente, levou um susto. Estacou, congelado. Não conseguia desviar os olhos daquele cartão, daquela pergunta, escrita em grandes letras meio tremidas: "Você já tem um gato chamado Hipoalergênico?"

Imediatamente, Rafael ligou ao agente responsável por sua viagem à Espanha. Perguntou se poderia ficar mais alguns dias em Madrid, embora já soubesse a resposta: na manhã seguinte, deveriam partir para Lisboa, onde Rafael tinha agenda lotada por cinco dias, com eventos para lançamento do seu livro, visitas a instituições de ensino, bibliotecas e editores. Ele então fez um pedido ao agente. Rogou-lhe que acionasse a imprensa e convocasse uma entrevista coletiva que ele daria no próprio aeroporto. Queria fazer algumas declarações antes de partir rumo a Portugal. Dizer coisas que ele nunca havia dito sobre o livro e que agora ele acreditava ser a hora certa de fazê-lo.

Apesar do pedido inusitado, depois de alguns minutos de conversa, em que Rafael insistiu para que fosse atendido, como um favor pessoal, o agente cedeu. Acionou seus contatos, depois solicitou a reserva de uma sala no aeroporto para que, na manhã seguinte, antes do embarque, o escritor pudesse atender a imprensa por cerca de meia hora. A assessoria de imprensa da editora espanhola que publicara o livro avisou os jornalistas, e vários atenderam ao chamado, curiosos com o que haveria de dizer o já célebre escritor.

* * *

"Vocês sabem que meu livro *O filho sem pai* é inspirado em minha história pessoal. Meu pai desapareceu quando eu era adolescente, e nunca mais tive qualquer notícia dele. E, como já disse muitas vezes, essa ausência é a marca maior de minha vida. Meu livro é uma obra de ficção e tem um final criado pela minha imaginação. Minha vida, entretanto, tem um final com possibilidades ilimitadas. Entre as muitas possibilidades, está a de um dia encontrar meu pai. Isso me encheria a alma de tal modo que eu não daria grande importância em saber o que aconteceu com ele. Bastar-me-ia estar com ele, olhar nos seus olhos e sentir de novo aquele amor que um dia senti e que nunca definhou no meu coração. Ao contrário, a longa ausência, longe de levar ao esquecimento, só fez crescer a possibilidade infinita desse amor. Hoje, não me ponho a imaginar o que aconteceu com meu pai. Meus mais profundos desejos não estão ligados ao saber, mas ao sentir. Eu daria tudo para sentir de novo o calor do abraço de meu pai. Sinto saudades de seu olhar, de sua voz. E nada me deixaria mais feliz do que poder encontrá-lo. Gostaria de um dia estar com ele num local que nós admirávamos muito, um monumento histórico do qual ele me falou várias vezes quando eu era criança. Ele me mostrava uma antiga foto desse monumento ao pôr do sol: é nesse local que eu ainda sonho um dia estar com o meu pai no dia de seu aniversário."

O jovem escritor insistiu com os jornalistas para que divulgassem o mais fielmente possível suas palavras. E também informassem ao público que receberia no seu e-mail pessoal sugestões para o nome de um gato, que ele nunca tivera, pois sua mãe era alérgica – gostaria de incluir um gato no seu próximo livro e enviaria um exemplar autografado de seu romance para quem lhe sugerisse o melhor nome.

O discurso estranho e emocionado surpreendeu os jornalistas. E foi um motivo a mais para divulgarem o que desejava o escritor, visto por eles agora como um tanto excêntrico. A entrevista sairia em diversos veículos.

Rafael teve esperança de que a mensagem chegasse a seu destino. O aniversário de seu pai seria dali a dois dias. E o escritor jamais se esquecera da paixão que seu pai sempre havia demonstrado pela Torre de Belém, monumento português que o atraía desmedidamente desde que o visitara numa viagem feita logo após sua graduação. Antônio comentara, muitas vezes, a torre e a paisagem de seu entorno para o filho, que ouvia enlevado, contagiando-se com o entusiasmo paterno pela história dos conterrâneos de seus bisavós que, em passado longínquo, haviam sido os maiores conquistadores do planeta, partindo daquela pequena torre para aventurar-se "por mares nunca dantes navegados" e alcançar terras antes jamais pisadas por europeu algum.

O escritor sabia que teria algumas horas livres no dia do aniversário do pai, data que ele sempre homenageava. Ele estaria em Lisboa e teria tempo, entre uma visita vespertina a uma biblioteca e uma palestra à noite numa universidade, de passar pelo monumento. Havia lançado a sorte, como se jogasse ao mar uma garrafa com sua carta declarando o amor filial. Estremecia só de pensar que talvez (talvez!) a mensagem chegasse ao destino.

* * *

O sol poente tingia o céu de tons avermelhados que se refletiam no espelho do Tejo. Depois de desincumbir-se dos compromissos daquela tarde, Rafael havia apressadamente tomado um táxi para ir até o bairro de Belém.

Aproximou-se da Torre com passos vacilantes e o coração na boca. Antes de entrar, respirou fundo algumas vezes, tentando acalmar-se. Subiu rapidamente as escadas dos pavimentos, até aproximar-se do arco que lhe daria passagem ao terraço. Vencidos os últimos degraus, entrou no terraço e olhou em direção ao sol poente, vendo recortada a silhueta de um homem alto, magro, de cabelos grisalhos. ■

Impresso em papel pólen soft,
tipologia Garamond 12/14, na primavera de 2021.